Das Buch

Der Autorin gelingt es, Alltagssituationen in eine bildhaft präzise Sprache zu fassen und mit einem Augenzwinkern zu versehen. Die Erlebnisse einer älteren Generation, die nicht immer im Fahrtwasser der Wertschöpfenden mitzieht, stellt sie auf eine erfrischende Art dar. Ihre Geschichten schärfen den Blick auf die Umgebung und zeigen, wie der Austausch zwischen Generationen, Geschlechtern oder Kulturen manchmal gelingen, aber auch misslingen kann. Es sind Geschichten, in denen sich viele wiedererkennen werden.

– Dorothe Zürcher, Autorin

Die Autorin

Annette Schwertfeger, geboren im Aargau in der Schweiz, studierte an der Universität Fribourg französische, englische und deutsche Literatur. Sie unterrichtete an diversen Oberstufen in den Kantonen Aargau, Zürich und Luzern. Später studierte sie an der Universität Zürich Psychologie und schloss mit dem Lizentiat ab. Sie nahm mehrmals an Schreibwerkstätten im Aargauer Literaturhaus in Lenzburg teil, wo bekannte Schriftsteller/-innen ihr Know-how weitergaben. Annette Schwertfeger hat zwei erwachsene Söhne.

Annette Schwertfeger

Impressionen des Lebens

Reiseberichte, Spitalerlebnisse
und andere Geschichten

Bibliografische Information der Deutschen Nationalbibliothek:
Die Deutsche Nationalbibliothek verzeichnet diese Publikation in
der Deutschen Nationalbibliografie; detaillierte bibliografische
Daten sind im Internet über http://dnb.dnb.de abrufbar.

ISBN: 978-3-7448-2996-0
© 2017 Annette Schwertfeger

Herstellung und Verlag: BoD – Books on Demand, Norderstedt
Umschlagfoto: iStockphoto, Alberta, Canada

Dieses Buch ist all jenen Menschen gewidmet, die sich an meinen realen und erfundenen Geschichten erfreuen.

Inhalt

Hüte dich vor Schnee Romantik auf den Strassen

Heute, am 26. Januar 2015, haben zwei, vielleicht drei Schutzengel mein Steuerrad gelenkt.

Am frühen Abend wollten mich die dichten Schneeflocken einlullen, einschläfern; ich fuhr mit meinem silbernen Freund zwischen Bremgarten und Eggenwil auf einer geraden, übersichtlichen Strasse, auf der ich meistens eine Weile in Gedanken abdriften kann. Dass genau dies verboten ist auf einer glitzernden Schneedecke, bei null Grad Celsius, dessen wurde ich mir erst bewusst, als mein treuer Ford Fiesta mich über die ganze Strassenbreite hin und her schlingerte, als hätte er über 0,5 Promille Alkohol getrunken.

Um eine Kollision mit dem entgegenkommenden Verkehr zu verhindern, griff ein Schutzengel in mein Steuerrad und lenkte das Auto über den rechten Strassenrand, quer über die Wiese und den Fussgängerweg die Böschung hinauf. Ich wartete wie gelähmt darauf, dass sich mein Schlitten auf vier Gummirädern seitlich überschlägt. Doch nein – ein zweiter Schutzengel, etwas fahrtüchtiger als der erste, riss das Steuerrad nach links, so dass der Ford wieder die Böschung hinunterfuhr. Und der dritte Schutzengel brüllte autoritär: «Stopp! Jetzt reicht die Lehre für Annette!»

Das Auto kam zum Stehen, in der ursprünglichen Richtung Eggenwil, allerdings neben der Autostrasse, auf dem Fussgängerweg. Ich erwachte wie aus einem bösen Traum, als eine Fahrerin neben mir anhielt, das Fenster herunterkurbelte und mich fragte: «Kann ich Ihnen helfen?»

«Nein danke, ich komme jetzt wieder auf ihre Fahrbahn!»,
sagte meine Stimme und ich fuhr wie fremd gesteuert, als
ob ich dies schon öfters getan hätte, wieder auf die Strasse,
genau vor die freundliche Autolenkerin, die vermutlich
auch Flügel unter der Winterjacke trug. Sie hatte das Schau-
spiel meines Schlittens beobachtet – ich meine nicht den
vulgären Ausdruck für alte Autos.

Mit adäquaten dreissig Stundenkilometern, wie sich's gehört bei glitzernder Fahrbahn, auf der Autos eigentlich
nichts zu suchen haben, trottete ich dann die restlichen vier
Kilometer im Tempo eines Haflinger Pferdes heimwärts.
Ich hatte nun genügend Zeit, um das Tempo der anderen
Autolenker zu beobachten; sie alle krochen wie Schnecken,
aus der Sicht der sonst rasenden Autofahrer.

Bevor ich ins Schleudern gekommen war, hatte ich das
langsame Tempo der anderen Autofahrer plötzlich bemerkt
und dann die Geschwindigkeit zu schnell reduziert, ohne an
die Folgen zu denken. Der langen Rede kurzer Sinn: Der
Mensch ist nicht so anpassungsfähig wie der Pinguin.

November

November
I remember,
Da geh' ich nie schlendern,
Schon eher schlemmen
In Emmen.

November
In der Sonne das leuchtende Gelb,
Im Walde ich schwelg'.
Dann kommen sie, die Nebelschwaden.
Über sie kann ich nur klagen.
Ich spür' sie bis in den Magen.
Sie schleichen zwischen die Eichen,
Versuchen alles zu bleichen und anzugleichen.
Bleibt die Hoffnung, dass sie bald entweichen,
Die leichenbleichen.

November in Bremgarten. Tosend stürzen sich die Wasser ins tiefer gelegene Flussbett im Mittellauf – Tummelplatz der Wildwassersportler in sommerlichen Monaten – um sich unter der Holzbrücke mitreissen zu lassen.

Die Bahn hat soeben den Viadukt mit kreischender Geleisemusik passiert.

Über das sonnenerwärmte Gemäuer des Schlossgartens neigen sich mir rosafarbene Rosen entgegen, zum Gruss auf meinem November-Spaziergang. Eine Biene ist bei ihnen zu Besuch, auch im Spätherbst. Wäre ihr nicht zu kalt, würde sie summen: «Ihr seid die schönsten hier!»

Wir sind einander verwandt. Bin ich nicht auch eine Herbstschönheit? Dieser Gedanke bringt mich zum Lachen.

Herbstsonnenlicht bringt das Wasser zum Funkeln, hinter gelben Eichenblättern, die golden an Ästen über dem Fluss hängen.

«Wir sind die grössten und ältesten hier neben mittelalterlichen Stadttürmen!», flüstern sich die Platanen zu, stolz auf ihre mächtigen Baumkronen auf dem Schulhausplatz vor dem postkartenblauen Himmel posierend.

Das Licht im November fasziniert mich jedes Jahr von neuem. Ist es das Bewusstwerden, dass die spätherbstlichen Sonnenstrahlen bald von den trüben wolkenbedeckten Tagen fortgejagt werden? Es ist wie mit den Dingen und Menschen, die wir erst in dem Augenblick zu schätzen wissen, wenn wir im Begriff sind, sie zu verlieren.

Kurz nach vier Uhr nachmittags steht die Sonne schon tief, aber noch über der Horizontlinie. Mein Blick wird angezogen von der Brücke, hinter der stolze Schwäne in einer Selbstverständlichkeit dahingleiten, als wüssten sie, dass sie Teil der Reusslandschaft in Rottenschwil sind. Meine Augen können sich an den Spiegelbildern der Weiden nicht satt sehen, die eine magische, verschwommene, impressionistische Welt von Baumkronen auf dem gekräuselten Wasserspiegel kreieren. Diese Impression wäre ein Gala Diner für Claude Monet. Er hat sie schon gemalt, diese Spiegelbilder im Fluss. Nun ist es an mir, sie zu besingen.

Erst wenn sie nie mehr aufgeht, die Sonne, müssen wir sterben. Sie ist untergegangen, in weissem, blendendem Licht. Kein Abendrot hat sie hingezaubert, dafür die Horizontlinie der Berge mit einem Silberstreifen eingefasst, einer Brokatbordüre vergleichbar.

Weihnachten in Salzburg

Ade, Wolfgang Mozart, ich komme wieder! Auch wenn du Salzburg den Rücken kehrtest, um dich in Wien freier zu fühlen. Der Fürsterzbischof Colloredo in Salzburg konnte dich in der Hauptstadt der Musik, in Wien, nicht mehr behandeln wie einen seiner Lakaien, unter denen du mit den andern Bediensteten in der Küche zu speisen hattest.

Das Konzert im Mozarteum, am Weihnachtstag, gab mir mit deiner Kirchensonate in C-Dur eine Ahnung von deinem musikalischen Genius. Georg Friedrich Händel versuchte, dich im gleichen Konzert zur Seite zu drängen mit seinem langen Oratorium «Messias», obwohl er drei Jahre nach deiner Geburt starb.

Das festliche Weihnachtskonzert mit einem Chorklang, rund wie eine Weihnachtskugel, gesungen von hundert Stimmbändern der Knaben und Mädchen des Salzburger Doms, zusammen mit der Jugendkantorei, begleitet von den Streichern und Bläsern der Dom-Musik, war ein Highlight.

Die Reiseteilnehmerinnen, mit denen ich den Bus der Königsklasse und das Hotel Arcotel Castellani teilte, verwandelten mit ihren Krankengeschichten das Vier-Sterne-Hotel in eine Rehaklinik, was die Gespräche betraf. Ich befand mich auf dieser Salzburgreise unter Meinesgleichen.

Beim Frühstück, am ersten Tag, erzählte eine Frau lachend, sie werde jetzt vom Universitätsspital Zürich ferngesteuert. Dabei tastete sie ihre Herzgegend ab auf der Brust und meinte: «Mir kann in Salzburg nichts passieren. Ein zweiter Herzinfarkt ist nicht mehr möglich, weil mein Herz nun konstant ärztlich und technisch überwacht wird.»

Eine andere Salzburg-Begeisterte zeigte mir ihren linken Arm, dem der plastische Chirurg Muskelgewebe entnommen und in die linke Gesichtshälfte transplantiert hatte. In diesem Gesichtsfeld hatte der Onkologe Tumore rausgeschnitten. Sie hätte zehn Stunden Vollnarkose überstanden vor drei Monaten. Diese Frau lud mich Gehbehinderte ein, mich ihr und ihrem Ehemann anzuschliessen für den Rundgang durch die Stadt Innsbruck. Deren bunte Häuserfront am Inn strahlte südeuropäische Wärme aus im kalten Monat Dezember. Meine zweite künstliche Hüftpfanne, armiert mit drei Schrauben und einem Haken, erlaubte nur den langsamen Gang eines Pinguins. Es war auf der Heimreise, im malerischen Innsbruck, genauer im Café Apfelstrudel, dort erklärte sie, weshalb sie Mühe hätte beim Essen. In der linken Gesichtshälfte war der Muskel taub, sie hatte keine Empfindung mehr seit den Haut-Transplantationen.

Im Schloss Hellbrunn, dessen weihnächtlich beleuchtete Wasserbecken und Wasserspiele eine Reise wert waren, hörte ich die Horrorgeschichte einer anderen Frau in unserer Reisegruppe. Sie trage draussen und drinnen ihren wollenen Hut, um ihre Löcher im Kopf zu schützen. Nach der Hirnoperation seien die Schädelknochen nicht mehr zusammengewachsen. Ihr Kopf sei nun, ähnlich wie bei den Neugeborenen, offen. Sie verabschiedete sich nach der Heimfahrt herzlich von mir in der Tiefgarage der Endstation unseres Reisebusses, wo sie und ich im eigenen Auto weiterfuhren.

Am ersten Abend stiessen wir, die zusammen gewürfelten Reiseteilnehmer/-innen, mit einem Glas Rotwein auf eine gute Ferienzeit an. Eine einzige Frau musste darauf verzichten. Ich nahm an, der Grund dafür wären Medikamente, die sie einnehmen musste. Einen Tag später, im Foyer des Mozarteums, wo wir am Weihnachtstag auf das Konzert warteten, erzählte diese Frau ihre Krankengeschichte. Sie überlebe seit zehn Jahren trotz einer Leberzirrhose.

Meine Tischnachbarin erzählte und erzählte von ihren zahlreichen Reisen in Afrika. Ganz nebenbei erwähnte sie den Grund ihres schwachen, stets eingebundenen Handgelenkes. Ein Schlaganfall hätte das Bewegungszentrum in Mitleidenschaft gezogen und damit ihre linke Hand zum Teil gelähmt.

Auf der Heimfahrt glaubte ich, der Chauffeur wolle mit seinem schwarzen Humor uns Fahrgäste unterhalten. Doch nein, seine Worte hatten mit Realität zu tun.

«Wir fahren jetzt zu einem Friedhof spezieller Art – ich pflege immer Lebendige dorthin zu bringen. Ein Sammler von uralten Grabsteinen mit zuweilen lustigen Inschriften, Wünschen für die Verstorbenen, bietet diese zur Besichtigung an.»

Dass der Chauffeur mit seinem schwarzen Humor die bösen Geister herausforderte, ahnte er nicht. Auf eben diesem Friedhof ereignete sich ein Unfall. Ich war als Einzige im Bus geblieben, da die vereiste Strasse mich warnte vor einem dritten Spitalaufenthalt in diesem unheilvollen Jahr. Eine Frau stürzte auf dem eisglatten Boden so, dass sie nicht mehr gehen konnte auf einem Bein. Für den Chauffeur mit dem Körper eines Wrestling Kämpfers war es ein Leichtes, die ältere verletzte Dame die steile Treppe im Bus hochzutragen und Stunden später in Kloten wieder aufs Trottoir zu setzen. Für Touristen mit sechzig, siebzig Lebensjahren auf dem Buckel war der gut gemeinte Rat des Chauffeurs schwer umzusetzen: «Seien Sie vorsichtig auf dem eisglatten Boden!» Kommt ein Fuss ins Rutschen, kann der alte Mensch sein Gleichgewicht nicht ausgleichen ohne seine brüchigen Knochen zu strapazieren.

Die vom Schicksal in der Gesundheit getroffenen Reiseteilnehmerinnen begleiteten meine Gedanken noch länger; sie hatten Salzburg, die Stadt der Musik, besuchen wollen, um an Weihnachten, dank Mozarts Klängen, die Krankheit zu vergessen, zu ertragen.

Krapfen oder Karpfen an Weihnachten

Krapfen mit Quittenmarmelade gefüllt,

Karpfen aus dem Bio-Teich auf dem Weihnachtsteller,

Kraken, die du im Meer besser meidest, bevor sie dich mit Tinte bespritzen,

Kakerlaken, die deine Küche ungeniessbar machen,

allesamt beginnen sie mit K, und schleichen sich als Alliteration, als Stabreim, in meine Gedanken, die sich ursprünglich nur um das Gebäck der Krapfen drehten.

Hals, Nase und Ohren sind seine Lieblinge

Der erste Tag ist der Tag der Untersuchungen, der Besprechungen. Die Aufnahme ist wie ein erster Arbeitstag in einer neuen Firma, in einem neuen Schulhaus: Termine, fremde Türen und fremde Gesichter.

Viele Fragen werden mir, der Patientin, gestellt, aber nicht: «Wo haben Sie früher gearbeitet, unterrichtet?», sondern: «Waren Sie schon einmal bei uns?»

«Ja, ich kenne das Inselspital aufgrund von drei erlittenen Operationen. Da war die Knie Operation, dann das künstliche Daumengelenk, dann die Zyste an der Wirbelsäule…»

«Ach ja, dann kennen Sie unsern Betrieb.»

Diesmal ist der Leidensdruck nicht so immens wie damals mit den unsäglichen, monatelangen Schmerzen im Bein, von einer versteckten Zyste, die auf einen Nerv drückte, verursacht.

Deshalb hätte ich heute der Ärztin, die mich die Operationsrisiken unterschreiben liess, am liebsten gesagt: «Ich habe es mir anders überlegt, ich brauche die Nasenoperation nicht, ich gehe wieder heim!»

Die Risiken dieser Operation sind ein Horrorszenario: Ein Loch im Septum, das heisst in der Nasenscheidewand, Erblindung, die Hirnflüssigkeit läuft aus… mir graut vor meiner Zukunft!

Die junge hübsche Assistenzärztin lächelte verständnisvoll, als ich sie aufmerksam machte auf den Horror, den ich zu unterschreiben hätte. Sie meinte beiläufig: «Alles Routine!» «Ja für die Versicherung und den Arzt, nicht für mich.» kommentierte ich mutlos.

Die zweite Krankenschwester, körperlich übergewichtig, dafür menschlich, fragt mich: «Haben Sie etwas gegen die Angst vor der Operation?»

«Ja einen Kopfhörer mit MP3-Player.»

«Welche Musik mögen Sie denn?»

Selbst diese Frage stellt sie mit Einfühlung trotz ihrer Alltagsroutine eines blutsaugenden Vampirs mit Spritze.

Herr Professor Dr. Schmid will seine Operation gründlich durchführen, alle verstopften Nebenhöhlen reinigen. «Ach wär' ich doch eine Höhlenbewohnerin, die nichts weiss von Spitälern!» Das Septum, die Nasenscheidewand, will er begradigen. Das klingt wie Flusslaufkorrektur – oder bekomme ich eine künstliche Nase, wie vor Jahren ein künstliches Daumengelenk?

All dies erklärt mir der HNO-Spezialarzt vor einer mich angaffenden Gruppe von Medizinern in Ausbildung. Doch nie zuvor bin ich als Patientin in die Überlegungen eines Chirurgen miteinbezogen worden, indem er alle meine Fragen beantwortete.

Wäre da nicht der nebensächliche Effekt für die Operation, nämlich meine Sympathie für diesen HNO-Doktor, der mir seit der ersten Konsultation mit seiner menschlichen, bescheidenen Art gefiel, wäre nicht diese Sympathie, ich hätte noch mehr Angst vor dem chirurgischen Eingriff, mitten in meinem Gesicht.

Der Narkosearzt, der mich jederzeit ins Jenseits befördern könnte, dem ich mit Haut und Haar ausgeliefert bin, ist ein netter Mann mittleren Alters. Er erklärte: «Ich platziere den Schlauch ausnahmsweise mit einer Kamera, ohne ihren Kopf zu sehr nach hinten zu beugen, schonend also.» Er hat mir gut zugehört, als ich meine chronischen Nackenschmerzen bekanntgegeben habe.

Das Labyrinth im Inselspital, überirdisch, unterirdisch, so viele Gänge mit Kurven, Schildern, ist ähnlich angelegt wie alle Strassen und Verkehrsschilder der Stadt Bern zusammen, nur in verkleinertem Massstab, zusammengeschrumpft auf die Fläche dieses Universitätsspitals – dieser Dschungel macht mir nicht mehr Angst.

In der Etage A macht eine sanfte Pflegefachfrau ein EKG von mir, in einem Zimmer, so klein wie eine Gefängniszelle. Hier in diesem Spital leben sie, das medizinische Personal, auch die Ärzte, auf kleinstem Raum, als wären es chinesische Verhältnisse. Nur die Patienten geniessen Spitalzimmer mit ausreichend Quadratmetern. Ich staune über den freundlichen Ton in dieser hektischen Arbeitswelt, fern jeglichen Luxus' – von Hightech-Geräten abgesehen – dem wir in jeder Schweizer Bank begegnen.

Im Untergeschoss, wohin mich ein Kalabrischer Krankenpfleger mit blauen Augen begleitet, während er sich über die Hitze Kalabriens beklagt, lege ich mich auf eine fahrbare Liege, die mich nicht in einen SBB-Tunnel, sondern in einen Ring um den Kopf schiebt, damit von meinem Schädel eine Computer Tomographie entsteht. Ohne Widerrede oder skeptische Fragen beisse ich auf eine leere Spritze, die mir ein junger deutscher Arzt zwischen die Zähne schiebt, mit einer Erklärung zu meinem Gebiss im Zusammenhang mit dem CTI, was ich bis heute nicht verstanden habe.

In meinem Spitalzimmer, im neunten Stockwerk, öffne ich das Fenster. An lebensmüde Patienten hat man hier nicht gedacht. Wer seine Nase operieren lässt, will noch weiterleben. Nach so viel Zuwendung hier im Spital habe ich mit Tränen zu kämpfen.

Vor zwei Stunden schien mir das Warten allein in diesem Spitalzimmer – das Bett nebenan ist nicht belegt – ebenso sinnlos wie mein Leben ohne Lebensgefährten. Hier in diesem riesigen Spital gäbe es so viele Männer. Aber die sind wohl alle versorgt mit einer Frau. Eine Umfrage zu dieser Statistik – «Haben sie eine Partnerin?» – steht mir nicht zu, es sei denn, ich tarne mich als Journalistin. Eine Idee, eine verrückte. Zuerst müsste ich von einer Zeitung engagiert werden; wenn ich mich fiktiv als Journalistin vorstellte, könnte der Betrug auffliegen.

Fünf Uhr nachmittags. Die Nachtschwester hat sich soeben zu mir gesetzt. Eine liebenswürdige, junge Frau, fast noch ein Mädchen, redet mit mir über die bevorstehende Operation, beruhigt mich mit ihrer Erfahrung mit andern Nasenpatienten. Diese würden die Nasenplatte, ähnlich der Schiene für Knochenbrüche, nicht spüren. In den ersten Tagen sei es für den Patienten unangenehm, nur durch den Mund atmen zu können.

Eine Taube besuchte soeben mein Fensterbrett. Ich teile jetzt mein letztes Madeleine Biskuit mit ihr. Doch die Spatzen kommen ihr zuvor.

Die jugendliche Pflegefachfrau – Krankenschwester sagte man früher – von Graubünden spricht Berner Dialekt. Sie bringt mir den Gutenachttee und muntert mich auf: «Sie machen es gut!», worauf ich antworte: «Ich muss nichts machen ausser Geduld haben.» «Ja, und positiv denken!», sagt sie lächelnd mir die Hand reichend zum Gutenachtgruss. Sie kommt mir vor wie ein Engel, der im Helikopter auf dem Dach des Inselspitals gelandet ist.

Zweiter Tag. Der Morgen ist ein strahlend blauer Tag mit Heissluft Ballonen jeder Farbe, von denen gleich zehn vor meinem Fenster tanzen und langsam zum Himmel steigen.

Der Schwindel – ich meine, niemand hat gelogen – die Gleichgewichtsstörungen von gestern sind vorbei, die Nasenoperation auch; ich habe sie verschlafen aufgrund der Narkose, schade! Als Hauptdarstellerin habe ich den wichtigsten Akt des Stücks im Spital nicht bewusst erlebt. Dafür sind mir Ängste erspart geblieben.

Heute Morgen hat sich etwas verändert. Eine kranke Frau im Bett nebenan redet mich mit einer Roboterstimme an. Anstelle ihres Kehlkopfs hat sie ein Loch. Zuerst muss ich mich an den monotonen Sprechton dieser Patientin gewöhnen. Doch, nachdem sie mich mit ihrem Lächeln begrüsst hat, gelingt unser Augenkontakt.

Dem Gespräch mit ihrem Ehemann kann ich nur entnehmen, woher die Hautverbrennungen im Gesicht und am Hals stammen, nämlich von dreissig Bestrahlungen vor sieben Jahren. Kehlkopfkrebs (?) ist meine stumme Frage. Angesichts dieser Bettnachbarin im Universitätsspital geht es mir gut, dessen werde ich mir in diesem Augenblick bewusst.

Es ist die Idee dieser Frau, deren Lebensfreude nicht erloschen ist, im Dachrestaurant gemeinsam ein Eis unter der Sonne zu essen.

Dort, auf der heissen Dachterrasse, auf dem fünfzehnten Stockwerk, mit der schönsten Panoramasicht auf die Bundeshauptstadt Bern, bekomme ich eine heisse SMS-Nachricht von Peter: «So eine schöne, spannende und liebe Frau kann ich nicht einfach vergessen!» Hm, späte Einsicht nach einem halben Jahr. Er ist ein Mann, der zwischen kalten Neujahrsgrüssen und August-Hitze nichts mehr von sich hören liess.

Heute erlebt die tapfere Frau in meinem Zimmer noch einen Schicksalsschlag. Ihr letztes Essen, ein richtiges Menü, hat sie heute Mittag mit mir zusammen am Tisch eingenommen. Einige Stunden später zeigt sie lächelnd auf ihr

Nachtessen. Es hängt hoch oben neben der Infusion an einem Haken in einem Beutel, ein undefinierbarer Brei.

Weltraumfahrer stillen Hunger auch mit Brei, doch zum Preis des grössten Abenteuers. Eine sanfte Pflegefachfrau beruhigt meine Bettnachbarin, die von nun an sowohl Wasser als auch Nahrung nur noch durch eine Sonde im Körper aufnehmen kann. Aber wie so oft, wenn es Menschen sehr schlecht geht, begegnet ihnen noch ein herzloses Individuum. Eine andere Krankenschwester sagt in militärischem Tonfall zu meiner Bettnachbarin: «En Guete!» Die Patientin schaut mich an und ihren Lippen kann ich ablesen: «Gemein!»

Verkehrte Welt. Ein Schwarzer serviert mein Nachtessen, meine Bettnachbarin muss hungern. Aus den Nachrichten hören wir oft, dass Menschen irgendwo in Afrika hungern aufgrund einer Dürrekatastrophe. Mir ist unwohl. Der Schwarze aus dem Drittweltland bedient mich, die Nachbarin muss mir zusehen, wie ich meinen Hunger stillen kann. Ungerecht ist dieser Planet, auch wenn ich diesmal auf der Seite der Begünstigten bin. Daheim wird sich das Blatt wieder wenden: Ich lebe allein.

Der Abt und das Millionengeschäft

Inspiriert von fünf eigenen Tonfiguren.

Drei Männer, ein seltsames Triumvirat, stecken die Köpfe zusammen; die Körper berühren sich zuweilen zum Geflüster. Sie stehen im Hintergrund des langen Klosterganges, dessen Dachgewölbe sich sternförmig in vier Pfeilern absenkt. Am andern Ende des Ganges der Benediktinerabtei steht Abt Schelmius mit gerunzelter Stirn neben einer Klosterfrau desselben Ordens. Sie senkt den Blick beschämt zu Boden, bleibt stumm. Ihr Name ist Tacita.

Sie ist unfreiwillige Zeugin einer merkwürdigen Bücherlücke in einer berühmten Stiftsbibliothek mit tausendjährigen Büchern geworden. Der fromme Ordensmann, der Abt persönlich, weiss nichts von ihren Beobachtungen. Was seine vorgewölbte Kutte versteckt, ahnt sie, denn sie ist zuständig für das leibliche Wohl des Abtes. Sein Benediktinerkloster liegt in einer Lagune, auf einer Venedig vorgelagerten Insel.

Das Geflüster der drei fremden Männer in zivilen Kleidern und in geheimer Mission verrät nichts über das Millionengeschäft mit tausendjährigen Büchern. Der Hut eines dieser Männer, in typisch chinesischer Form, gibt Aufschluss darüber, dass China mit von der Partie ist in diesem illegalen Handel. In welcher Sprache sich der Chinese mit den zwei Geschäftspartnern verständigt, ist nicht hörbar; ob in Mandarin oder Kantonesisch, bleibt ein Geheimnis, ebenso wie die Abwicklung der Schmuggelaktivität grossen Stils.

Abt Schelmius teilt der schweigsamen Klosterfrau Tacita mit, dass er heute Abend kurz verreisen müsse; morgen früh jedoch sei er wieder rechtzeitig zurück, um die Frühmesse zu zelebrieren. Sie hatte dessen bescheidenen Lebensstil immer bewundert. Der Schock war erheblich, als sie eines Tages beim Staubsaugen in der Bibliothek, durch eine Bücherlücke hindurch den Abt hastig aus der Bibliothek schreiten sah, die Kutte ungewöhnlich weit vorgewölbt. Und jetzt noch die drei Fremden in heiligen Hallen, die etwas Unheilvolles besprechen. Sie versteht die Klosterwelt nicht mehr. Wo und wem überreicht der Abt die historisch wertvollen Schätze des Klosters? In welchen dubiosen Kanälen verschwinden die jahrhundertealten Bücher?

Die Lüge der unerwarteten nächtlichen Reise traut die Ordensschwester ihrem Abt nicht zu. In ihrem Kopf brodelt es, die Gedanken laufen Sturm.

Es wird lauter im Hintergrund des Klosterganges. Die drei Fremden haben eine Meinungsverschiedenheit. Man hört lauten chinesischen Sprechduktus – und dann Stille. Nun waren es nur noch zwei.

Am nächsten Morgen erlebt Tacita die schlimmsten Stunden ihres Lebens. Sie wird von der Polizei stundenlang befragt zum Tagesablauf des Abtes am Vortag. Sie hat ihn heute nie gesehen; er hat die Messe nicht gelesen, sein morgendliches Ritual hat nicht stattgefunden. In der Frühe hatte sie ihm die Messe-Kleidung bereitgelegt, doch der Abt erschien nicht. Auf ihre Frage an die Polizei nach dem Verbleiben des Abtes bekommt sie nur eine ausweichende Antwort.

Erst am folgenden Tag sieht sie auf der Titelseite der Tageszeitung «Corriere della Sera» das Bild ihres geliebten Abtes Schelmius. Sie liest: «Der Abt ist tot aufgefunden worden…»

Weiterlesen kann sie nicht, ihr stockt der Atem, es wird ihr übel. Schwankend schleppt sie sich in die Klosterkirche.

26

Sie kniet nieder vor einem Seitenaltar des Heiligen Benedikt, dessen Bild sie nur durch einen Tränenschleier sehen kann. Verkrampft halten ihre kalten Hände den Rosenkranz; zu beten ist sie noch nicht imstande. Sie starrt auf das ewige rote Licht auf dem Altar. Nur die schwere Glocke, die wie gewohnt zur Messe läutet, schreckt sie auf und bringt sie zurück in die Realität. Sie rennt aus der Kirche, was sie noch nie getan hat in ihrem Leben.

Die drei Fremden in den heiligen Hallen des Klosterkreuzganges sind längst verschwunden. Welche Rolle sie im Skandal um verschwundene alte handschriftliche Bücher gespielt haben, erfährt der Bürger nie.

Der fromme Abt hatte sich von finanziellen Nöten geplagt – die Heizung sollte ersetzt werden durch eine neue, und alle Fenster im Nord- und Ostflügel des Klosters müssten längst ausgewechselt werden durch neue, dichte Fenster – zu einem dubiosen Handel mit fremden Männern hinreissen lassen. Zwei unbekannte Italiener, die sich klugerweise nicht als Mitglieder der Mafia «Cosa Nostra» bekannt machten, hatten dem Abt zwei Millionen Euro angeboten, wenn er ihnen zwei der ältesten Exemplare des handgeschriebenen Alten Testamentes in Griechischer Sprache aus dem 13. Jahrhundert verkaufe. Der Abt ging zögernd, mit schlechtem Gewissen, auf das Angebot ein. Er fürchtete aber einen Raubüberfall in der Stiftsbibliothek. Deshalb hatte er seiner Klosterfrau Tacita von einer dringenden Reise bis morgen früh erzählt. In der Zeit konnte er vier von sechs Handschriftlichen Alten Testamenten nachts unter seiner Kutte in Sicherheit bringen.

Sein Gewissen beruhigte er mit einem Gespräch mit seinem lieben Gott: «Du weisst, dass die wertvollen Fresken von Giotto di Bondone zerstört werden, wenn weiterhin Feuchtigkeit und grosse Temperaturschwankungen im Ostflügel herrschen, und die wertvollen Bilder von Raffael beginnen schon zu vermodern in diesen feuchten Räumen. Das kann ich doch nicht verantworten. Ich verkaufe nur zwei Alte Testamente, für die sich die Gläubigen nicht interessieren. Wer glaubt schon an Lot's Weib und an Abraham, den die Islamisten für sich beanspruchen? Das Neue Testament, deine Geschichte, lieber Jesus, verkaufe ich nicht.»

Dass er, seit dem Besuch der drei Fremden, von Hintermännern beschattet wurde, konnte er nicht ahnen. Dies wurde ihm zum Verhängnis.

Die zwei Mafia Mitglieder einigten sich mit dem Chinesen auf eine Gewinnbeteiligung von 30%, falls er als Chinese, Meister in Kopien, aus einem Handschriftlichen Original des Alten Testamentes drei Kopien liefere. Das Original müsse er allerdings zurückbringen an die Italiener. Genau diese Bedingung liess ihn laut protestieren im Klostergewölbe. Dass die Chinesischen Fälschungen auffliegen könnten, befürchtete der Chinesische Kunsthändler nicht. Schliesslich war er informiert über den Fall Beltracchi in Deutschland. Dieser hoch begabte Kunstfälscher des Jahrhunderts hatte es geschafft, vierzig (!) Jahre lang Galeristen, Kunstexperten, Auktionshäuser zu täuschen. Er malte in der langen Zeit 300 Bilder mit gefälschter Signatur, die z.T. noch nicht gefunden wurden. Seine Strafe musste er im Jahr 2010 antreten im offenen Vollzug. Inzwischen posiert er in TV-shows entspannt beim Malen im Stil des berühmten Malers Klimt.

Der Vatikan nahm sich des Mordfalles von Abt Schelmius im Benediktinerkloster an, mit einer Untersuchung auf höchster kirchlicher Ebene. Der Täter konnte jedoch nicht ermittelt werden. Die wertvolle Stiftsbibliothek aber ging in den Besitz des Vatikans über. Die elektronische

Überwachung war garantiert und der Erhalt wertvollen Kulturgutes damit.

Ein besonderer Freund

Auch ein Hund braucht Rituale

Um Wäsche aufzuhängen, muss ich in die Waschküche hinuntersteigen. Nur, in die Waschküche gehe ich täglich aus einem andern Grund, längst ein Ritual für Timmy, meinen Hund, um Futter für ihn in seiner Begleitung zu holen. Also hat er in seinem Gedächtnis meinen Gang in die Waschküche längst assoziiert mit «Achtung, es gibt Hundekörner!»

Auch jetzt begleitet mich Timmy in die Waschküche – natürlich reicht er mir nicht die Wäscheklammern, dazu müsste ich ihn zuerst abrichten – er erwartet seine Portion Futter, wenn auch heute zum zweiten Mal. Aber wie soll ich ihm erklären: «Timmy, wir waren heute schon einmal in der Waschküche, du hast deine Ration bekommen!»

«Ein Ritual ist ein Ritual», sagt er Schwanz wedelnd. Worauf ich ihm einlenkend seine zweite Portion Futter aus der Waschküche zum Fressen bereitstelle. Auch ein Hund braucht Rituale.

Tierisches Gartenzaun-Geflüster

Er bellt nicht, mein Hund Timmy. Ganz dicht steht er am Gartenzaun, er guckt konzentriert durch die Lattenlücken. Es ist still. Was er wohl sieht, erspäht? Meine Neugierde geht nachschauen. Ein stummer Flirt spielt sich ab am Nachbarzaun, zwischen einem grossen Collie mit einer Löwenmähne und einer schneeweissen, unschuldigen (!) Katze; immerhin gehört sie einem Bürger des Britischen Commonwealth.

Ich bin der Spielverderber. Meine Frage an Timmy «was siehst du?», vertreibt die angebetete Katze und zerstört eine seltene Idylle. Deshalb bellt mich der Hund an und jault: «Jetzt hast du sie vertrieben, aber ich mag sie doch, die weisse Schönheit», sagt der wedelnde Schwanz.

Das war Verehrung, wenn nicht gar Liebe, zwischen Hund und Katze.

Gesellschaft beim Mittagessen

Timmy hat soeben sein Mittagessen bekommen, Matzinger-Körner für Senioren-Hunde. Nachdem er sie hinuntergeschlungen hat, steht er wieder bettelnd neben meinem Menu: Chicken und Sweet and Sour Sauce mit Zucchetti und einem Glas Montepulciano d'Abruzzo.

Ich belehre meinen Hund: «Nous mangeons seuls, nous deux, chacun pour lui-même!»

Ob er mich verstanden hat in der ersten Französischlektion seines siebenjährigen Lebens? Ich bezweifle es, denn er jammert sein herzzerreissendes «ich auch» in Hunde Gejaule, das wie ein Glissando von hohen zu tiefen Tönen klingt.

Seinen konzentrierten Blick auf mein Brötchen gerichtet, versuche ich abzulenken, indem ich meine Hand davorhalte. Dann jault er weiter in einer freundlicheren Tonart und singt dabei: «So geizig kannst du aber nicht sein, liebe Annette!», worauf meine Hand ihm eine weitere Brotkruste zwischen die Pfoten wirft. Von meinem geschnetzelten Poulet Fleisch, chinesisch zubereitet, bekommt er nichts, angesichts der gesünderen Senioren Hunde Körner, die wissenschaftlich getestet, Arthrose bei Timmy verhindern. Es genügt, dass seine Herrin unter Arthrose leidet.

Mein Geschrei beeindruckt ihn nicht, weil ich das ganze Paket Geschirrspüler Würfel in sein Wasserbecken fallen gelassen habe. Die nasse Sauerei auf dem Küchenboden stört ihn auch nicht. Ich bin ja die Putzfrau.

Er denkt: «Ich konnte sie ja nicht auslesen, meine Herrin; aber sie ist okay. Sie gibt mir fast immer etwas von ihrem Tischgericht. Sie hat auch gesagt, sie liebe mich. Was willst du mehr in einem Hundeleben.»

Als ich meinen Hund heute allein im Haus zurücklassen musste, wie so oft wegen Physiotherapie, sagte ich zu ihm, während er den Dental Snack aus meiner Hand schnappte: «Ich lasse dir die klassische Musik am Radio laufen!», worauf er meinte: «Heavy Metal wäre mir lieber!»

Timmy hat ein gutes Gedächtnis, vielleicht vergleichbar mit dem eines Elefanten. Vor mehr als einem halben Jahr pflegte ich bei nassem Wetter Timmys Pfoten nach dem Spaziergang in einem Kompost-Haushaltkübel, der mit Seifenwasser gefüllt war, zu waschen. Genau diese Prozedur vereitelte Timmy heute, indem er die Flucht ergriff, als ich besagten Kübel in der Hand hielt. Sein Erinnerungsvermögen belustigte und ärgerte mich gleichzeitig. Mein Gedächtnis ist, auf diese Waschprozedur bezogen, eindeutig schlechter als das von Timmy; denn ich hatte die Dog Snacks als Lockmittel und Belohnung vergessen. Also nichts wie los, um solche in der Küche zu beschaffen. Mit dem Waschkübel bereit, neben Timmys Pfoten, glaubte ich mich am Ziel, als er den Hunde Snack von meiner Hand manierlich entgegennahm, sich dann aber hinlegte, die Beine flach am Boden. So entging er clever der Pflicht, mir ein Bein nach dem andern zu überlassen für die Pfoten-Reinigung im Kübel.

Lachend sagte ich zu Timmy: «Du hast gewonnen!» Der Klügere gibt eben nicht nach, sondern kann sich behaupten wie mein schlauer Collie.

Ob er kurz darauf aus Mitleid mit seiner Herrin oder aus Sympathie zu mir aufstand, oder berechnend für das nächste Hunde Biskuit, und mir willig seine Pfoten zum Waschen überliess, verriet mir mein Hund nie.

Sozialschichten unter Tieren

Mein Collie schnupperte heute früh an Pferdeäpfeln (so nennt man sie in Deutschland, obwohl ich die Gemeinsamkeit mit Äpfeln nicht finden kann!) auf seinem täglichen Feldweg, mittendrin. Dann brummte er: «Diese Pferde dürfen, aber wir nicht!»

«Was dürfen sie?», fragte ich meinen treuen Begleiter.

«Diese Pferde dürfen mitten auf den Weg sch…, und ihre Reiterinnen sammeln die Rossbollen nachher nicht einmal ein.»

Meinem Timmy, so heisst der gesellschaftskritische Collie, erklärte ich: «Pferde und deren Besitzer, Reiter, hoch zu Ross, gehören einer höheren Gesellschaftsschicht an, als du, lieber Hund und ich.»

Mein jüngerer Sohn, auch Hundebesitzer, erklärte dieses Phänomen der unterschiedlichen Toleranz gegenüber tierischem Unrat anders: «Der Pferdekot riecht nicht schlecht, im Unterschied zum Hundekot.» Diese Erklärung hält zwei Widrigkeiten nicht stand: Der Fussgänger tritt auch in den Pferdemist und dieser ist wohl auch voller Bakterien und Krankheitserreger. Allerdings geniessen die «Rossbollen» eine Anerkennung als Naturdünger für wohlriechende Rosen, die den Pferdedung über ihre Wurzeln streuen lassen.

Auch der Bauer sieht im Kuhfladen nichts Verwerfliches – Methangas hin oder her – er reagiert hingegen panisch auf Hundekot.

Zwei simultane Operationen würden Gesundheitskosten sparen

Wie operieren die Ärzte kostengünstig mein linkes Auge mit dem vermeintlichen Tumor und das rechte ausgediente Kniegelenk? Mein Lösungsvorschlag ist eine Simultan-Operation, auch wenn dies eine Weltpremiere wäre.

Personalprobleme bei den Orthopädischen Chirurgen und bei den Ophthalmologen (das sind Augenärzte, wie man mich in der Augenklinik in Lausanne belehrte) bezüglich Raumbeanspruchung im Operationssaal müssten im Voraus geklärt werden, um die Patientin durch gegenseitiges Anschreien der Chirurgen nicht aufzuwecken und zu traumatisieren.

Die eingesparten Kosten bei einer anstelle von zwei Operationen wären enorm.

Nur eine statt zwei Narkosen wären erforderlich. Eine einzige zeitliche Belegung des Operationssaales an der Universitätsklinik, nicht deren zwei, spart viel Geld. Lediglich ein einmaliges Aufgebot der Operations-Assistenten/-innen, des Anästhesiearztes wäre notwendig.

Ein einziger Spitalaufenthalt, sprich Betten-Belegung, Verpflegung, Wäschereikosten, Pflegepersonal tagsüber wie nachts halbiert die Spitalkosten einer einzigen Patientin.

Postoperative Kosten wie Röntgen der Knieprothese, sowie des Glasauges, Taxifahrten, Spitex Betreuung würden wesentlich kleiner bei koordinierter medizinischer Kontrolle. Der Arbeitsausfall fällt nicht ins Gewicht, da die Patientin als Rentnerin ohnehin nichts arbeitet.

Dies waren Gedanken der Patientin nach der Vermittlung des Bruders an die Ophthalmologin in Lausanne und

nach der liebevollen Beherbergung beim Bruder Medicus
nach dem langen, anstrengenden Tag der Abklärung des
mutmasslichen Augentumors, der sich – Gott sei gedankt –
als Muttermal entpuppte. Beide Augen dürfen die Schönheit der Natur in vorgerücktem Alter geniessen.

Lebensbilanz

Da steh' ich nun, ich armer Tor
Und bin so klug als wie zuvor.
Habe studiert Subjonctif, Genitiv,
Pythagoras und Euklid,
kann singen davon ein Lied.
Wurzeln sowie Potenzen,
gelingen auch ohne Viagra.
In USA oder Kanada die Fälle Niagara.
All dies hab' ich gelernt,
und bin doch vom Leben geprellt.

Ein kurzes Paradies, lies,
schenkten mir meine zwei Söhne,
Fabian und Jonas,
als sie noch kleine Kinder,
ihr Leben und mich liebten,
nach nichts strebten,
und lebten
wie Pflanzen als Teil der Natur pur.

Selbst die Weisen, die alten,
können mich nicht mehr halten.
Sigmund Freud,
er war nie mein Freund,
C.G. Jung,
hielt mich lange in Schwung.
Kenner der Abgründe einer Seele,
öffnete meine Kehle.

Was fehlt ist die Liebe.
Die holt man nicht wie Diebe.
Sie begegnet wie ein seltener Schmetterling
und wird eines Tages mein Liebling.
Doch fern scheint dieser Tag,
während vorbeiplätschert der Alltag,
und mein Leben zur Neige geht,
als wie vom Winde verweht,
doch noch von Hoffnung belebt.

Wilhelm Busch ergänzt,
weil er immer noch glänzt:
Erstens kommt es anders,
zweitens als man denkt,
drittens als man will,
da hilft gar kein Drill,
weder in der Schule,
noch wenn ich um einen Freund buhle,
nicht umsonst «let it be»,
sangen sie.

Zürich – Lisboa – Porto

Im schäbigen Flughafenbus in Lissabon frage ich meine Reisenachbarin, wo die TAP, die Portugiesische Fluggesellschaft, noch andere Flugzeuge versteckt halte; denn der Bus fährt und fährt. Doch wo ist das Ziel, der Flughafen? Da, hinter einem Hügel, taucht noch ein Mini-Flughafen auf und mit ihm noch mehr grün rote portugiesische Flugmaschinen.

In einer von ihnen werde ich etwas später fliegen, 9:15 Uhr portugiesische Zeit, wenn es mit rechten Dingen zugeht.

Im Flugzeug stelle ich fest, dass dieselben Menschen, die vorher im Bus alle Sardinen ähnlich ausgesehen haben, hier viel wohlhabender wirken. Im verlotterten Bus haben die Fluggäste dieselbe Atmosphäre ausgestrahlt wie das Staatsbudget Portugals. Dazu hat wahrscheinlich auch der aufgerissene Gummibelag der Treppe vom Gate bis zum Flugpistenareal beigetragen.

Die TAP-Maschine, und mit ihr auch ich, rollt nun gemächlich über die Piste. Ich zähle an meiner linken Hand, wie viele Stunden ich seit dem Gang aus meinem Haus um fünf Uhr früh unterwegs bin. Die Finger der linken Hand reichen nicht aus. Es ist nun die sechste Stunde, von denen ich lediglich dreieinhalb Stunden Fahrzeit beanspruchte. Der Rest waren Warte-, Such- und Fluchzeiten im Flughafen.

Jetzt heult der Motor der Flugmaschine auf und sie beschleunigt ihre Fahrt, prescht los, als gelte es, ein Rennen zu gewinnen. Mich drückt es in den Sitz.

Im Heimatland erlebte ich nach dem Start in den Äther ein Spiel, wie es sich Kinder nicht schöner erträumen können: Unter uns, weit unten leuchteten Lichterstrassen, auf denen sich winzig kleine Autos vorwärtsbewegten, einer Ameisenstrasse ähnlich. Im Hintergrund drückte das Morgenrot die Dunkelheit langsam in die Ferne.

Willkommen in Porto

«Sie müssen unbedingt unsern alten Dom besichtigen!», rät mir der Kofferträger im Hotel, gleich nach meiner Begrüssung. Dass ich mich nur kurz sprachlich vorbereitet habe auf dieses Land, rächt sich jetzt. In meinem Sprachführer bin ich noch nicht weiter als: Quero apprender o Portugues. Wie soll ich ihm erklären, dass ich mich nach drei Flughäfen, die ich allein gemeistert habe, zuerst ausruhen möchte? Es bleibt mir nur die Möglichkeit, seinem Vorschlag zu folgen. Ich bin ja nicht tausende Kilometer geflogen, um nur die Perspektive eines Hotels kennenzulernen.

Allerdings weckte ein schmucker Saal mit mehreren Portraits der Englischen Queen meine Neugierde, die unsere Reiseleiterin abends befriedigte. Die Porträts sind Ausdruck des Dankes an die Königin, nachdem sie Portugal vom machthungrigen Spanien befreite. Der Preis, den die Portugiesen bezahlten, war die Abtretung des Monopols auf den Portwein, den wir genüsslich kosteten.

Mit dem Stadtplan bewaffnet, erkunde ich also die Stadt, deren Gassen ausnahmslos voralpines Gefälle aufweisen und dies auf gefährlich glatt polierten Pflastersteinen. Der Gefahren nicht genug! Etliche Häuser drohen einzustürzen und mich unter ihnen zu begraben, bevor die Reiseleiterin meine Ankunft aus der Schweiz registriert hat. Ich würde also von Zürich, über Lissabon bis Porto als Vermisste aufgegeben...

Auf dem Weg zur Kathedrale fesselt eine Barockkirche meine Augen. Die Seitenfassade aus dem 18. Jh. wird von einem riesigen und spektakulären Kachelbild bedeckt. Es stellt Szenen aus dem Leben des Heiligen Schutzpatrons der Kirche dar. Der Hauptbahnhof Portos besteht aus zwanzig Tausend Kacheln, sogenannten Azulejos, auf den Innenräumen angebracht. Berühmte Ereignisse aus der Geschichte des Landes, ländliche Szenen finden auf ausnahmslos blauen Kacheln ihre Darstellung.

Doch Abenteuer ist einer der Reisegründe. Dieses hört auch um Mitternacht nicht auf. Das Wasser im Waschbecken schwillt gefährlich an, wie in Goethes Zauberlehrling. Da bleibt nur eine Lösung: Den Pyjama wieder ausziehen und die Treppe hinunterrennen zur Rezeption. Die Frau in der Hotelempfangshalle erklärt, wie ich dem nicht ablaufenden Wasser Beine machen könne: Zickzack-Movement! Wie bitte? Selbst meine guten Englischkenntnisse helfen nicht bei diesem eher mechanischen als sprachlichen Problem. «Press the lavabostopper for closing and opening!» Es funktioniert tatsächlich, auch nach einem zweitausend Kilometer langen Weg nach Porto. Geschafft ist schliesslich nicht nur dieses Problem, auch meine Nerven sind es.

Madernidad in Lissabon

Während der Taxichauffeur, der sich im Verkehr behaupten musste, wie ein Formel-1 Rennfahrer über Zebrastreifen raste, fürchtete ich um alle Fussgänger. Er wechselte Fahrspuren wie auf dem Nürburgring, als wären die Strassen der Metropole Lissabon menschenleer. Ich versuchte seine Raserei durch ein Gespräch mit ihm zu drosseln, umsonst. Trotz grossem Tempo bemerkte ich hoch oben an einem Gebäude die Inschrift «Madernidad». Ich erwähnte diese Entdeckung mit meinem portugiesischen Wortschatz beim Chauffeur, worauf er mit knappen Worten seine Lebenssituation schilderte: «Von da habe ich meine vier Kinder.»

Für das Tempo seines Taxidienstes hatte ich nun mehr Verständnis. Mehr Kunden pro Stunde bringt mehr Einkommen für die kinderreiche Familie.

Meine gehbehinderte Reisebegleiterin kam nur dank Taxi zum Genuss des Museums Gulbenkian mit einer Kunstsammlung von 4000 Jahren Geschichte.

Im Nationalmuseum bekamen wir eine leise Ahnung dessen, was Eroberung anderer Völker bedeutet: Gold, Gold!

Nazare am Atlantik

Das Rauschen und Dröhnen der Atlantikwellen erinnern mich bei geschlossenen Augen in der sommerlich warmen Oktobersonne des Jahres 2011 daran, wo ich in diesem Augenblick meines langen Lebens bin. Die Wellen überschlagen sich und verwandeln die Wasserkrone in schäumende Milch, die das Sandufer hochprescht. Der Sand schiebt nach jedem Wellenschub den Wassersaum etwas höher.

Die Kinder kreischen vor Begeisterung über die Wellen, die ihre Beine bespritzen. Die übrigen Menschen, es mögen an die Hundert sein, verteilen sich vom Leuchtturm bewachten Hafen bis zur steilen Felswand, die den Strand mit Felsbrocken unpassierbar gemacht hat. Eine Möwe tanzt im Aufwind. Eine ältere Dame geniesst den warmen Sand, mit dem sie sich zudeckt, ebenso wie ein junges Paar mit ihrem Kleinkind, dessen Füsschen noch keine Spuren im Sand hinterlassen, weil es sich an die Mama klammert. Dafür stürzt sich sein Papa in die Wellen und ruft seinem eigenen Fleisch und Blut etwas zu in einem Imponiergehabe wie wir es bei Vögeln kennen: «Schau mal, mein Söhnchen, wie stark dein Papa ist!»

Ein viereckiges Stück Papier rollt wie ein Rad über den Sand, von derselben Windkraft angetrieben wie die Möwenfeder, die jetzt über dem Sand davonschwebt.

Algarve

Pappelblätter rascheln an der Küste im Herbstlicht der Oktober Abendsonne. Sie wirft ihre Strahlen über den Atlantik an der Algarvenküste. Meine nackten Füsse werden gewärmt von Fliesen auf einer Hotelterrasse in Carvoeiro. Hier sind mir zwei Tage Erholung gegönnt, nach einer Rundfahrt von Hunderten von Kilometern im Reisebus durch das dürre Alentejo.

Dessen Hauptstadt Evora, ein kunsthistorisches Zentrum mit Spuren der Römer und Araber, empfing uns gestern mit einer sommerlichen Hitze von dreiunddreissig Grad im Schatten. Unter der dreiundvierzig Grad warmen Sonne hörten wir vor der Kathedrale den kunsthistorischen Berichten der Reiseleiterin zu. Kein Empfangsdrink im Hotel hiess uns willkommen im Portugiesischen Hinterland. Zuerst die Arbeit, dann das Vergnügen. Es ist eine kunsthistorische Reise, keine Vergnügungsreise.

Doch die nimmersatten Augen können sich in Portugal an architektonischer Schönheit sattsehen: In Coimbra, einer alten Universitätsstadt, im Kloster Jeronimos am Manuelinischen Baustil, der auf König Manuel zu Beginn des sechzehnten Jahrhunderts zurückgeht.

Zurück zum Augenblick. Im Hintergrund der Pappeln sehe ich eine Felskuppe, bewaldet mit Föhren oberhalb des Meeres. Der nackte Fels, ockerfarben, erinnert mich daran, wo ich mich jetzt aufhalte, an der Atlantikküste der portugiesischen Algarve, eine Augenweide.

Algarve – Lisboa – Zürich

Ich habe viel erlebt, gesehen, gehört in Portugal. Meine dreihundert Bilder werden mir zu Hause alles wiedererzählen; Kunstschätze, von denen der kleine Schweizer nur träumen kann. Doch die portugiesische Reiseleiterin legte die Fakten unrechtmässigen Besitzes der Portugiesen offen auf den Tisch.

Es gab etwas, dessen ich überdrüssig wurde. Die sechs verschiedenen Hotelzimmer, die auch immer ein Aus- und Einpacken verlangten nach so vielen Kilometern Busfahrt mit Besichtigungen von Leuchttürmen, Steilküsten, von Palästen voll von gestohlenen Goldschätzen.

Nur der Schwebezustand im Metallvogel der TAP hat nichts an abenteuerlicher Atmosphäre verloren. Die Landung in Lisboa auf dem Rückflug von der Algarve löst das gesuchte prickelnde Gefühl von Abenteuer aus, sobald mein Blick aus dem Fensterauge des Flugzeuges nur noch blaues, tiefes Wasser wahrnimmt. Die Spannung nimmt zu über dem Häusermeer, deren Dächer greifbar sind, als ob der Metallvogel auf einem von ihnen zu landen gedenkt. Immer tiefer fliegt er, geradezu hypnotisiert von der Millionenstadt.

Möchtest du wissen, wo das Geld des portugiesischen Vermögens versickert? In den Endlosschlaufen, die der Flughafenbus, beladen mit Fluggästen, dreht, bis sich der Chauffeur nach zweimaligem Passieren eines Tunnels, in zwei verschiedenen Richtungen, entscheiden kann, welche TAP-Maschine von einem halben Dutzend er seinen Fluggästen zumuten kann; in Porto war das Kopfstein Pflaster an den steilen Gassen so glatt poliert wie ein Tanzboden. Es sorgte vermutlich dafür, dass die Kasse des Gesundheitssystems bald leer war. Wie viele Menschen, nicht nur jene mit hochhackigen Schuhen an Frauenbeinen, Knochenbrüche auf den Gehsteigen, Treppen und Strassen davontragen, verschweigt die portugiesische Gesundheitsstatistik.

«You come back next year!» So verabschiedet sich der Kofferträger mit verführerischem Blick. Ich war der einzige Gast der ganzen Studiosus Busgesellschaft, der ihn erfreute, während die andern Gruppenteilnehmer ihren Koffer lieber eigenhändig ins Hotelzimmer schleppten. Sichtlich enttäuscht von diesen Gästen sagte der Kofferträger zu mir: «Ich weiss nicht, weshalb ihre Reisebegleiter meinen Service nicht in Anspruch nehmen. Aber ist mir doch egal.» Das zweite Mal begegnete mir der hübsche Portugiese just in dem Augenblick, als ich das Hotelzimmer mit dem gepackten Koffer verlassen wollte. Woher wusste er, wann ich fertig gepackt hatte? Punkt halb drei, als der Taxi Chauffeur vorfuhr, für mich und eine einzige andere Schweizerin, erschien er wieder wie ein sichtbarer Engel, der mir jede Schwerarbeit mit meinem Koffer abnahm.

Jener Portugiese war wohl der einzige Gentleman auf all meinen Reisen, die ich als schweisstreibende Abenteuer mit schwerem Koffer in Erinnerung habe. Das Trinkgeld sei ihm gegönnt – und diese kleine Geschichte auch.

Knieoperation

Die Abendsonne heisst mich auf dem zehnten Stockwerk des Inselspitals in Bern willkommen.

«Sit er weder bi üs? Willkomme umegäng! Leged Sie sich nume uf ds'Bett!»

Dies sind nicht die Worte der hübschen Pflegefachfrau mit dem langen Haarzopf, den smaragdgrünen Augen, versteckt zwischen schwarzen, dicken Lidstrichen um den Augapfel. Sie sagt vielmehr: «Kommen Sie zuerst in Ruhe an, packen Sie den Koffer aus! Ich komme dann wieder vorbei!»

Gut hat sie es gemeint mit dem Auspacken. Doch das Inselspital ist kein 5-Sterne Hotel wie das Bellevue Palace in Bern. Der Patientenschrank erinnert sehr an Internat-Schränke, wo Nonnen den weltlichen Aufwand von Kleidern demonstrativ verunmöglichten. Von den Kleidern im Inselspital lässt man zwei Drittel davon im Koffer und im Rucksack und beschränkt sich aufs Wesentliche, wie Pyjama, Zahnbürste, Hausschuhe, Handy und Lektüre.

Dafür sind hier im Inselspital die Operationssäle und die pflegerische Betreuung auf dem 5-Sterne Niveau.

Alles Wichtige erledigt der Chirurg und seine Trabanten, das Pflegepersonal. Laut Enzyklopädie ist der Trabant der Begleiter eines Planeten, also ein Planetenmond. Wie unser Mond, der Trabant der Erde, schlaflose Menschen tröstet, tun es die Pflegefachfrauen und -männer, wenn die lange, dunkle Nacht durch das Spitalfenster blickt.

Der Koffer findet neben dem Lavabo Siphon einen Platz. Wenn ich schon beim Thema Wasser bin, will ich der Situation des nackt um Hilfe Bittens ein paar Worte widmen. Erst im Eva Kostüm stelle ich in der Dusche fest, dass sich der frei herunterhängende Schlauch nicht einschrauben lässt. Also rufe ich nackt um technische Hilfe.

Für eine Röntgenaufnahme begleitete mich ein Türke in die Notfallstation, wo bis elf Uhr nachts geröntgt wird, was das Zeug, pardon, was die Knochen halten. Für den schwierigen Rückweg in mein Zimmer fragte ich jemand, der im Labyrinth dieses Spitals noch an der Arbeit war. Auf dem Weg, von gelben Punkten zu roten Punkten, am Boden markiert – in der griechischen Sage war es ein Seil durchs Labyrinth – begegnete ich dem Hauptakteur, dem Chirurgen, Herrn Dr. Meyer persönlich. Mir fiel nichts Besseres ein als die Worte: «Ich suche mein Bett!», worauf wir beide lachen mussten. Er fragte nach meinem Befinden und meinte damit nicht nur mein Knie – das wäre ja nur pars pro toto – sondern auch mein emotionales Befinden. «Es ist wie die Ruhe vor dem Sturm!», meinte ich.

«Ach, morgen um zehn Uhr ist alles vorbei – und Sie realisieren erst gegen Mittag, nach der Vollnarkose, was geschehen ist. Nur brauchen Sie dann drei Monate Geduld!»

«Ich weiss. Ich habe schon angefangen, eine Geschichte darüber zu schreiben, wie letztes Mal nach der Nasenoperation.»

«Darf ich Ihre Geschichte auch lesen?», fragte er, nicht ohne ein Schmunzeln um die Mundwinkel.

Am Operationstag habe ich alles verschlafen, sogar meine Operation, das Wichtigste im Inselspital. Zum Glück war der Chirurg hell wach und übernahm die volle Verantwortung zusammen mit dem Narkosearzt.

Es ist Mittag nach der Operation, also der zweite Tag im Spital. «Das ist eine ganz blöde, die Uhr an der Wand. Sie zeigt immer die falsche Zeit an, macht aber Geräusche wie eine Grosse.» Auf sie kann ich wenigstens einen Zorn haben, wenn es mir schon nicht gut geht. Auf das operierte

Knie, noch fremd, mit einem implantierten Fremdkörper, oder auf den Chirurgen mit dem schalkhaften Lächeln, darf ich keine Wut haben, obwohl er sich seit der Operation nie blicken liess.

Ein paar Körner Reis und ein paar Scheiben Karotten schluckte mein Magen gnädig, nachdem er das Frühstück wieder ausgespuckt hatte, weil das erste Aufstehen für den Kreislauf zu viel Anstrengung bedeutet hatte, Physiotherapie hin oder her.

Trotz der blaugrauen, wunderschönen Augen erschien mir der Tonfall der Pflegefachfrau zu dominant. Deshalb antwortete ich, soeben aus der Siesta wachgerufen, auch in resolutem Ton: «Nein, es ging heute nicht gut in der Physiotherapie wegen meiner Kreislaufprobleme. Aber ich habe auch einen Universitätsabschluss.»

Den Zusammenhang zwischen meiner Unfähigkeit, am ersten Tag nach der Knie Operation auf das operierte Bein zu stehen, und meinem Universitäts-Diplom, sah die Pflegefachfrau wohl kaum. Dass mich mein Versagen in der ersten (!) Physiotherapiestunde so sehr verunsicherte im Selbstwertgefühl, verstehe ich heute nicht mehr.

«Heute Abend überwache ich sie!», sagte der rundliche junge Pflegefachmann mit Brille.

«Aber nicht wie die Polizei!», meinte ich spöttisch.

«Ich hoffe nicht, eher besser, mit Blutdruckmessen und Spritzen-verabreichen.» Macht demonstrierte der pflegende Mann mit sanfter Stimme.

Sonntagnacht. «Wenn die Tränen kommen, musst du schreiben, Annette!», redete eine innere Stimme mir zu.

«Güet Nacht!» sagte die junge, herzliche Frau in Walliserditsch und reichte mir die Hand, nachdem sie meinen Fuss des kranken Beines liebevoll mit Johanniskraut-Öl eingerieben hatte. Soviel Herzlichkeit von einer Frau, in einem schweren Augenblick, löst Tränen aus.

Meine «restless legs», kribbeligen Beine, sind immer noch aufgeladen – aber wieder eine Schlaftablette Temesta am fünften Abend im Spital, macht abhängig, denke ich, zu streng mit mir selber.

Reiki Massage würde die überschüssige Energie – woher auch, wenn nicht von Medikamenten – abziehen. Diese alternative Massage ist jetzt nicht erhältlich, also muss ich zum autogenen Training greifen: «Mein linkes Bein ist ganz schwer.» Leider wird es nicht schwerer…

Montag. Ein dumpfer Schmerz umhüllt mein rechtes Knie und begrüsst mich am Wochenstart. Die Nacht war lang, dunkel und still und schmerzgeprägt.

«Warum haben Sie nicht geläutet?», fragt die Nacht-schwester verständnislos, als ich ihr schildere, dass die Tabletten-Ration gegen Schmerzen, die ich nachts um zwei Uhr hätte einnehmen sollen, um drei Uhr konfisziert war. Der zeitliche Medikamentenplan hat Vorrang im Spital!

Montag wird ein Schmerzenstag. Das Knie besteht nicht mehr aus Fleisch und Knochen, sondern aus einer reinen Materie, genannt Schmerz – auch wenn Schmerz linguistisch als Abstraktum bezeichnet wird, von wegen abstrakt – er überfährt mich und alle meine Sinne wie ein Panzer und zermalmt den letzten Rest Leben in mir – es schreit in mir nach menschlichem Leben.

Alles änderte sich mit meiner neuen, dominanten Bett-nachbarin, die sich im Spitalzimmer aufplusterte. Diese negative Erfahrung machte ich erstmals im Inselspital, wo ich anlässlich der vorherigen fünf Operationen nur gute Begegnungen hatte.

Als geschwätzige junge Frau redete sie nonstop in voller Lautstärke mit ihren zahlreichen Besucherinnen, hemmungslos, bis halb zehn Uhr abends, während ich vergeblich versuchte einzuschlafen. Mein operiertes Bein zuckte unruhig vor Schmerzen, liess keinen Schlaf zu, weil das schwache Schlafmittel, schon um sieben Uhr verabreicht, nicht wirkte.

Nachdem ich müde von der kurzen vorangegangenen Nacht, das schweizerische Palaver stundenlang hinter dem Vorhang angehört hatte – es hätte schlimmer nicht sein können in einem sizilianischen Provinzhospital, wo Patienten von der Sippe versorgt werden – platzte mir der Kragen: «Wie lange gedenken Sie noch mit Festbeleuchtung weiter zu palavern, es ist neun Uhr dreissig, keine Besuchszeit mehr?»

Dann hatte der falsche Mensch ein schlechtes Gewissen, der Krankenpfleger ging in die Hocke vor meinem Bett, in devoter Stellung, um mich um Geduld zu bitten, er würde sich sofort um mich kümmern. Er brachte mir einen Sidroga Beruhigungstee, den er begleitete mit einer Rede über schädliche starke Schlafmittel wie Temesta.

Meine Geduld war am Ende, das übliche höfliche Benehmen meinerseits auch. Ich drohte: «Wenn Sie mir jetzt nicht eine Temesta Pille bringen, rufe ich meinen Bruder, den Professor der Nephrologie im Inselspital an.»

Der arme Pflegefachmann, von zwei dominanten Patientinnen in einem einzigen Zimmer in die Zange genommen, konsultierte seinen Arzt. Dann kam er zurück mit meinem Temesta.

Diese nächtliche Szene hatte eine Fortsetzung am folgenden Tag. Wenn schon die Bettnachbarin so unzimperlich, rücksichtslos mit mir umgegangen war am Vorabend, bezüglich Lautstärke, liess ich beim Frühstück Radio Swiss Classic genüsslich Mozart spielen. Die Reaktion der Bettnachbarin blieb nicht aus: «Würden Sie bitte den Kopfhörer benutzen, sonst müssen Sie eben ein Upgrade bezahlen, damit Sie ein Einzelzimmer bekommen.» Meine entsprechende Antwort blieb ich diesem unverschämten Weibsbild nicht schuldig. Meine Beschwerde über Nachtruhestörung durch Besucher dieser Patientin reichte ich an die zuständige Abteilungschefin weiter, mit Erfolg in der kommenden Nacht.

Doch zunächst musste ich mein Mittagessen, quasi in sozialer Quarantäne, im Aufenthaltsraum der Abteilung Orthopädie, isoliert einnehmen, weil mir der Krankenpfleger diese Option nahelegte. Soviel Spannung in einem einzigen Spitalzimmer hält ein sensibler Krankenpfleger nicht aus, verständlich.

Ein grossartiges Buch, im richtigen Augenblick, vermag alles zu relativieren und sogar die eigene Zufriedenheit mit der schwierigen Lebenssituation zurückzubringen.

«Matt und elend lag er da.» von Jörg Zittlau beschreibt aufgrund wissenschaftlicher Quellenforschung und mit einem für Patienten-Leserschaft notwendigen Humor, wie hart selbst berühmte Patienten von ihren teuer bezahlten Ärzten angefasst wurden. Sogar vergiftet wurde Beethoven mit Bleisalz vor 200 Jahren; Mozart, Nietzsche, im 20. Jahrhundert Churchill, Roosevelt, sie alle hatten viel zu leiden trotz ärztlicher Betreuung, um dann doch zu sterben.

Aufgrund des damaligen Wissensstandes der Medizin und wegen schlechter ärztlicher Betreuung standen diese Patienten und viele andere Berühmtheiten, wie Napoleon, Höllenqualen aus.

Falsche Diagnosen gehörten in allen Jahrhunderten zur Medizin. Ein Arzt von Nietzsche stellte die Diagnose «Hirnschwäche» aufgrund seines grossen Appetites auf Essen und Sex. Viel später erst wurde die Diagnose auf Syphilis bei Nietzsche negiert. Er hatte keinen Kontakt zu Frauen. Was den Appetit auf sie angeht, vertritt der Autor Zittlau eine ehrliche Ansicht: «Starker Appetit auf Essen und Sex, Prahlereien und Selbstüberschätzung – gemäss diesen Kriterien müsste man wohl mehr als fünfzig Prozent aller Männer eine Hirnschwäche attestieren».

«Wie gut geht es mir im Inselspital im einundzwanzigsten Jahrhundert!», dachte ich nach jedem Kapitel in diesem Buch.

Rehabilitation am Thunersee

«Schönberg in Gunten» heisst die aus fünf Holz-Chalets bestehende Klinik. Deren Namen Eiger, Stockhorn, Niesen, Mönch und Jungfrau suggerieren echte Ferien am traumhaften Thunersee.

Die kulinarischen Höhenflüge, man höre und staune, täglich zwei Desserts, anspruchsvoll im Geschmack und Design, tragen wesentlich zu meiner Genesung bei. Das Gemüt wird leichter, heller beim Anblick der Mahlzeiten, und die Schmerzen spüre ich kaum noch während des Essens dieser Köstlichkeiten.

Die Klinik kam mir am ersten Tag wie ein Vier Sterne Hotel vor, mit Hunderten von Bediensteten, die sich um mich kümmerten, als wäre ich Frau De Meuron persönlich, jene adelige Bernerin, die den Tanz um ihre Person forderte.

Zuerst empfing mich eine freundliche Frau an der Rezeption, dann kam die bildhübsche Stefanie mit dem verträumten Blick, die mich in meine Suite führte, die ich weder bestellt noch erwartet hatte. Zwei Balkone begrüssten mich und damit zwei verschiedene Blickwinkel auf den Thunersee, obwohl meine beiden Augen sich immer nur in eine Richtung wenden können; in zwei Himmelsrichtungen simultan ist nur dem Chamäleon gegönnt. Die schöne junge Frau packte meine Kleider sorgfältig und neugierig aus, nicht ohne Kommentar zu Blusen, die ihr gefielen.

Bald danach erschien eine schwergewichtige Frau, mit einer schweren Ausrüstung. Einen Klapptisch trug sie mit sich – wozu, fragte ich mich, da meine Suite bereits über zwei Tische verfügte – und einen fahrbaren Stuhl, der nur für mich bestimmt war, als funktionelle Waage. Die schwer atmende Frau mit holländischem Akzent nahm sich eine volle Stunde Zeit für mich, während sie alle meine brav beantworteten Fragen in einem Laptop verewigte. Nur so beiläufig fragte sie, ob auch Herren – deren Alter gab sie leider nicht an – meine Körperpflege übernehmen dürften. Auf mein genderrassistisches Nein hakte sie nach: «Männer dürfen also auch nicht ihre Füsse waschen?», «Ok, wenn es sein muss.», willigte ich ein, nicht realisierend, dass ein Mann, der mir die Füsse wäscht, mir wohl gut tun würde, nach den Männern, die sich nur von mir bedienen liessen.

Und der erste junge Mann kam, kaum zwanzig Jahre alt. Er hatte aber nichts mit meiner Körperpflege zu tun. Den steilen Weg zu «meinem» Bergchalet Stockhorn zuoberst musste er hochklettern, um mir das gedruckte Programm des folgenden Tages persönlich auszuhändigen, mit einem schelmischen Buben-Lachen, das mich versöhnte mit der Männerwelt. Das gewünschte Kissen für das schmerzende Knie hatte er allerdings nicht gebracht, wohl vergessen angesichts so vieler Patienten mit Schmerzen. Sein Lächeln konnte ich erst bei der genauen Lektüre des Programms interpretieren; auf so ein hartes Körpertrainingsprogramm in einer Erholungsklinik war ich nicht vorbereitet:

7:15 Uhr Kinetec (selbst), 7:45 Uhr Physiotherapie, 10:00 Uhr Lymphdrainage, 10:50 Uhr Labor (Eiger...), 12:30 Uhr Lymphopress (selbst), 17:30 Uhr Kinetec (selbst)!

Wie ich die Geräte zu bedienen hätte, nachdem ich die Gehstöcke in einen Schirmständer-ähnlichen Kübel gestellt hatte, erklärte mir eine der vielen Physiotherapeutinnen genüsslich.

Auch ein zweiter Mann, so um die vierzig, klopfte am ersten Tag mit einer Riesenpackung Schmerztabletten in der Hand an meine Tür. Man vertraut hier der Disziplin der

Patienten, wenn es um den Konsum von Medikamenten geht.

Erschöpft am ersten Abend, bestellte ich das Nachtessen auf mein Zimmer. Eine sportliche, junge Frau, beladen mit einem schweren Tablett, rief vor meiner Tür: «Zimmer-Service!» Sie konnte ja nicht anklopfen, ohne das komplette Nachtessen fallen zu lassen. Flädlisuppe und Omelette mit Aprikosenkompott wären nicht so schwer, wenn da nicht das aufwendige Geschirr, Silberdeckel auf jedem warmen Teller, damit verbunden wäre. Ich liess es mir schmecken, bis kurz darauf eine zweite Frau, auch ausser Atem, ins Zimmer stürzte mit der Bemerkung: «Ich komme sie abholen ins Restaurant.» «Jetzt sind sie umsonst hochgerannt ins Chalet Stockhorn, es tut mir leid.»

Das Pflegepersonal in dieser Rehaklinik fliegt in mein Zimmer hinein und hinaus wie in einem Bienenhaus. Selbstverständlich lasse ich ihnen meine Türe offen. Soviel Gesellschaft hatte ich noch nie in einem Hotel. Noch zwei Männer kamen am ersten Tag zu Besuch: Der Kofferträger und der Blumenmann. Neun, nein zehn, elf Personen haben sich heute schon um mich bemüht. Das ist ebenso rekordverdächtig wie die Anzahl Pflegepersonen im Inselspital.

In meinem geschenkten Buch «Matt und elend lag er da», für Patienten sehr geeignet, was meine Freundin Klara gewusst hatte, als sie es ins Spital brachte, las ich Seite neunundsechzig: «In der einen Hälfte des Lebens opfern wir unsere Gesundheit, um Geld zu erwerben. In der anderen Hälfte opfern wir Geld, um die Gesundheit wieder zu erlangen.» Voltaire schrieb: «Das Geheimnis der Medizin besteht darin, den Patienten abzulenken, während die Natur sich selbst hilft.» Doch die heutige Medizinische Versorgung macht mich mehr als zufrieden, während ich die medizinischen Torturen von Beethoven, Churchill in diesem Buch nachlese.

Das Wochenende beginnt in der Rehaklinik am Samstag um 6:40 Uhr mit einer Blutentnahme, keine Blutegel wollen mir ans Blut. Doch die Erinnerung an die frühmorgendlichen Pflichten des Melkmannes auf unserem Bauernhof kommt zurück. Er musste die Kühe früh melken, um die Milch der Molkerei abzuliefern. Aber ich bin doch keine Milchkuh. Doch mein Blut muss ins Labor, früh am Morgen. Gestern noch wurde mir schwindlig beim Gedanken, den Weg zum Chalet Stockhorn viermal hinunter und wieder hoch zu klettern mit Gehstöcken, um das ganze Tagesprogramm zu erfüllen. Dahinter steht die Überlegung der Ärzte, die Patienten in Bewegung zu halten.

Vor einer Minute meldete sich der Zimmer-Service zum zweiten Mal, um das Gedeck, die leer gegessenen Teller und die verschiedenen Schälchen wieder abzuholen. Weil mein Eisbeutel auf dem Boden bereit lag für den Pflegeservice, wurde er vom Küchenservice aufgehoben mit der Frage: «Brauchen sie diesen Beutel noch?» «Sorry, ich habe zu Hause die Angewohnheit, Dinge, die ich bald erledigen muss, auf den Boden zu legen.» Die jugendliche Zimmer-Service Frau erzählte mir gleich ihre Erinnerungsmethode: Ein Taschentuch mit ein bis vier Zipfelknöpfen.

Ein Synonym für die Rehabilitationsklinik Schönberg wäre Reha-Bienenhaus. Es sind junge, mittelalterliche, Frauen und Männer, jeden Tag neue Gesichter. Eine Biene misst den Blutdruck, eine andere bringt ein Reserve-Medikament, was so viel bedeutet wie ein besonders starkes Schmerzmittel, hergestellt aus einem schmerzbesänftigenden roten Mohn.

Für alleinlebende oder einsame Menschen empfehle ich dieses Haus in Gunten am Thunersee, nicht primär wegen der Aussicht auf See und Berge, sondern weil Patient/in hier keine zwei Stunden allein verbringt mit Grübeleien über das angeschwollene Knie und dessen Narbe. Meine roten Hausschuhe haben etwas Gemeinsames mit meinem operierten Knie: Die grobe Naht und die Rümpfe im Leder wie in der Haut. Ich habe auch nicht Zeit zum Jammern über die plötzliche Schmerzattacke. Bald saust die nächste Biene in meine vier Wände mit einer freundlichen Stimme: «Sie bekommen noch eine Spritze von mir, gället, wegen Thrombosengefahr!» «Aber wegen dieses Risikos trage ich doch enge, schneeweisse Erstkommunion-Strümpfe, mit einem unanständigen Zehenloch, das angeblich überlebenswichtig sein kann während einer Operation!», wage ich einzuwenden. «Das reicht bei weitem nicht gegen Thrombose!» werde ich belehrt.

Spitex – am besten mit Humor

Es läutet an der Haustüre. Wie telefonisch vereinbart, erscheint irgendeine unbekannte Frau, die für Spitex im Pflegedienst arbeitet. Sie zeigt auch keinen Ausweis; dafür sollte mir ihre Kleidung des pflegenden Personals Vertrauen einflössen. Bei Hausdurchsuchungen durch die Polizei würde mir ein Ausweis vorgezeigt.

Für Leibesvisitation – in meinem Fall handelt es sich um intime Körperpflege – ziehe ich mich widerstandslos für jede unbekannte Frau in weisser Schürze aus, bis aufs Evakostüm des Paradieses.

Nur einmal fragte ich die Spitex Frau an der Tür gleich bei der Begrüssung: «Würden Sie sich auch täglich von einer anderen Frau duschen lassen?» – «Nein!»

Es könnte auch sein, dass eines Tages ein Mann im Dienst von Spitex an meiner Türe läute! So wollte mich eine einfühlsame Pflegefachfrau vorbereiten. Ich war also gewappnet, mental, falls eines Tages ein Spitex-Pfleger männlicher Natur, also ein fremder Mann, mich an meiner Haustüre so begrüssen würde:

«Guten Tag, ich komme von der Spitex Heitersberg und würde sie gern duschen!» Meine Antwort würde dann so lauten: «Nein danke, aber ich würde gern Sie duschen, mein Herr, kommen Sie doch herein, hier ist das Badezimmer, machen Sie sich frei!»

Leider hatte ich dazu bis heute noch keine Gelegenheit, und die Chance, die Reaktion dieses potentiellen Pflegers zu erleben, schwindet dahin angesichts der Genesung meiner Rotatorenmanschetten Läsion in der Schulter. Was bleibt, ist das Vergnügen der Fantasie, die so eine Begegnung ausmalt.

Missverständnis auf Ostanatolisch oder Inserate sind Glücksache

«Ich Post, jetzt du mich holen», sagte Ahmed abends um neun Uhr in der Telefonkabine unserer Dorfpost, nachdem er sich am Nachmittag telefonisch für den Futon in meinem Flohmarktinserat in der AZ interessiert hatte, mit den Worten: «Ich holen heute Futon!»

«Gut, freut mich», hatte ich eingewilligt, «ab sechs Uhr bin ich zu Hause.»

Doch nun um neun Uhr spät abends, wollte ich den Flohmarkt-Interessenten nicht mehr empfangen, ich war schon im Pyjama und meldete mich am Hörer: «Ich bin schon im Bett, Herr Ahmed!» – «Schon im Bett?», fragte Ahmed ungläubig, mit unüberhörbarem ironischem Tonfall in der Stimme.

«Ich Post», fuhr er hartnäckig weiter. «Ok, warte bei der Post, ich komme dich abholen; ich ziehe mich nochmals an».

Von der Post fuhr er mir in seinem Auto hinterher, und vor meinem Haus teilte ich ihm mit: «Ich muss zuerst einen jungen Mann, Thomas, holen. Der Futon ist für uns beide zu schwer zu tragen.»

Ahmed schaute mich ungläubig an, klaubte einen Zettel aus seinem Portemonnaie und zeigte mir seine Notiz: 40 x 30 x 20!

Ich lachte, lachte und erklärte: «Dies sind die Masse des Aquariums, das ich zusammen mit der Wasserpumpe ebenfalls inseriert habe. Es ist heute schon abgeholt worden. Der Futon besteht aus einem Holzrost von der Grösse 140 x 200cm und aus einer Matratze.»

«Nein, ich nicht Holz, nur Plastik zum Aufblasen», wehrte Ahmed ab und begann langsam zu lächeln.

Daran hatte ich bei meinem Flohmarktinserat «Hausrat-artikel zu verschenken» nicht gedacht; daran, dass man die Artikel auch beliebig kombinieren kann, so dass aus der Aquarium Pumpe eine für das aufblasbare Bett wird, das zusammengefaltet, wie Ahmed mit den Händen angedeutet hatte, die Masse 40 x 30 x 20 hat.

Lachend, aber enttäuscht, fuhr Ahmed ohne Futon den langen Weg vom Freiämter Reusstal zurück ins Fricktal. Der Kanton Aargau ist gross!

Und die Moral der Geschichte: Verschenke nicht zu viele Hausratsartikel im gleichen Inserat, sonst sind Missver-ständnisse für Fremdsprachige vorprogrammiert. Stell dir vor, du liest als Schweizer Gastarbeiter in Ostanatolien ein Flohmarktinserat und verstehst nur die zwei türkischen Wörter für «Pumpe» und «Bett», es könnte dir genauso er-gehen wie dem lieben Ahmed.

Bücher im Himmel

Thank you my God for the good books – oh, sorry. Meine Gedanken kommen nicht immer in deutscher Sprache daher, sie lieben es zuweilen, sich Englisch auszudrücken.

Danke, lieber Gott für die guten Bücher! Im Augenblick ist es das Buch «Der blinde Masseur», vom Rumänischen Autor Florescu geschrieben. Ich nehme sie mit in den Himmel, wenn eines Tages mein Abonnement für den Planeten Erde abgelaufen ist. Man weiss ja nie, welche Bücher ihr in der himmlischen Bibliothek habt.

Mein Klavier lasse ich auch auf den nächsten Planeten transportieren. Ich spare täglich für eine leistungsstarke Rakete, die ich bei der ESA miete. Dieses ungewöhnliche Unternehmen im Hightech-Bereich habe ich im Testament niedergeschrieben. Es liegt gesichert in meinem persönlichen Safe der Bank UBS in Bremgarten. Mein Sohn Jonas hat die Vollmacht zu diesem Tresor für den Zeitpunkt meines Ablebens. Auf ihn kann ich mich verlassen. Er wird seine mathematische Begabung, die er an der Brown Universität in Providence im Staat Rhode Island unter Beweis gestellt hat, dafür einsetzen. So wird es möglich sein, mein Piano zum Mond zu transportieren. Auf diesem Erdtrabanten, der sich allerdings täglich weiter von der Erde entfernt, könnten sich Seelen verstorbener Irdischer aufhalten, denn Wasser benötigen sie nicht mehr, nur einen Ort der Ruhe vor den konsumkranken Erdenbürgern des 21. Jahrhunderts.

Diese zukünftige Ruhe macht mir aber auch Angst; sie könnte sich umwandeln in eine unendliche Langeweile. Deshalb möchte ich dich Gott, Direktor des Jenseits, um eine Information bitten, bevor ich diesen Planeten in einem anderen Bewusstseinszustand verlasse: Verfügt deine Galaxie auch über ein Anschlussnetz für den Fernsehkanal ARTE? Dieser garantiert mir mit seinen Dokumentationen über das Delta des Rio de la Plata Argentiniens oder über die Tierwelt in der Tundra der Arktis, dass mein Heimweh nach der Erde gedämpft würde. Auch die Viertausender der Schweizer Alpen könnte ich als verstorbene Schweizerin wieder einmal sehen, auch wenn es Tränen des Heimwehs kosten würde. Aber sterben muss ich ohnehin eines Tages, denn mein letzter Geburtstag in diesem Monat lag erschreckend nahe beim letzten Viertel der hundert Jahre, die einem Menschen maximal zustehen.

Wer mein Ansprechpartner sei in diesem Gespräch? Der liebe Gott. Er heisst aber nur so, seit meiner Kindheit. Denn so lieb ist er oft gar nicht. Die Gedanken an den Tod muss ich in Selbstgesprächen, oft niedergeschrieben, zum Schweigen bringen, in der stillen, dunklen und langen Nacht.

Falls ihr, liebe Zuhörer, gebildete, aufgeklärte Menschen, nur ein müdes Lächeln für meine Geschichte aufbringen könnt, möchte ich euch vorlesen, was ein Astrophysiker, Ben Moore, zu einem Menschen sagt, der im Sternzeichen des Stiers geboren ist: «Hatten Sie je das Gefühl, dass in Ihrem Leben etwas fehlt? Das tut es tatsächlich. An den Spitzen Ihrer Stierhörner lag einst ein heller Stern, der nicht mehr scheint. Im Jahr 1054 explodierte er als spektakuläre Supernova und machte für eine ganze Woche die Nacht zum Tag. Die Kirche gab sich alle Mühe, dieses Ereignis, das auf der ganzen Welt beobachtete wurde, zu vertuschen, denn nach ihrer Auslegung war das Himmelszelt unveränderlich und unbeweglich. Alles, was heute noch übrig ist von dieser Supernova, ist die Asche des toten Sterns, die im schönen Krebs-Nebel ihre letzte Ruhestätte gefunden hat.

Sie können also getrost damit aufhören, jene Dinge zu bereuen, die Sie nie getan haben – denn Ihr Lebenslicht ist verschwunden und wird auch nie mehr wiederkommen.»

Verwirrung im Zug

Brugg, Perron drei, Ankunft von Olten. Das Fenster meines Wagons ist offen. Gott sei Dank kann man in diesem Zug das Fenster öffnen. Diese Notwendigkeit hat zwei Gründe: Die hohen Temperaturen für unseren Breitengrad und freie Sicht auf die Schilder der Abfahrtszeiten und Richtungen auf den Perrons. Wie von Geisterhand war der Zielort Zürich ausgewechselt worden mit dem Ziel: «Bitte nicht einsteigen!»

Als lange wartender Fahrgast in diesem stehen gebliebenen Zug in einem Provinzbahnhof – wenn es sich wenigstens um eine Metropole wie Zürich oder Bern gehandelt hätte – wurde ich völlig verunsichert, denn auf dem Schild fehlte die zweite Information: «…und schon früher Eingestiegene bitte sofort aussteigen!» Der Lautsprecher hatte auch vergessen, uns Fahrgästen die Panne mitzuteilen. Ich hätte nichts dagegen gehabt, wenn dies irgendwo in Ungarn Richtung Rumänische Grenze passiert wäre, wo die Regionalzüge zwei Stunden benötigen für eine Distanz von vierzig Kilometern. Aber hier in der pünktlichen Schweiz?

Als dann plötzlich auf dem Abfahrtschild stand: «Olten», dachte ich: «Nein, von dort komme ich jetzt; der Lokführer darf doch nicht einfach seine Lokomotive um einhundertachtzig Grad umdrehen, nur weil er Lust dazu hat.»

Ich liess meine Cola stehen und rannte fluchtartig, die Jacke und die offene Tasche am Arm, aus dem Zugabteil Richtung Perron drei. Nicht nur ich, auch eine zwanzigköpfige Kinderschar trippelte hinter ihren drei Begleiterinnen hinterher. Erst nach unserer Eigeninitiative teilte der Lautsprecher in der Bahnhofshalle mit: «Weiterfahrt nach Turgi, Baden, Flughafen auf Perron eins.»

Die Fahrgäste, einer aufgescheuchten Hühnerschar ähnlich, begab sich auf unterirdischem Weg zum Perron eins. Weitere Durchsagen der Bahnhofsautorität erklangen wie unverständliche Hintergrundgeräusche, wenn auch von einer sanften Frauenstimme gesprochen, denn die Lautsprecher auf dem empfohlenen und befohlenen Perron eins waren auf stumm gestellt. Als ich einen Bahnbeamten darauf aufmerksam machte, meinte er echt schweizerisch: «Wir, in Brugg, können nichts dafür, denn die Durchsagen werden in Basel gemacht!» In der Regel machen Beamte «Die in Bern» für Missstände verantwortlich.

Etwas kam mir vertraut vor: Hatte ich nicht vor genau einer Woche dasselbe Szenario im gleichen Bahnhof erlebt? Handelte es sich dabei um einen neuen Werbetrick, nämlich Fahrgäste umzuwandeln in Touristen des malerischen Städtchens Brugg an der Aare?

Aber nach meinem Ausflug in Köln will ich doch nichts anderes als heimfahren. Dort war ich nämlich Tourist, und zweimal möchte ich diese Rolle nicht spielen.

Also vor einer Woche, ich sass im gleichen Zug von Olten, war ein Stellwerk das corpus delicti. Und heute? Die Lautsprecher Durchsage auf Perron drei funktionierte – wir waren inzwischen auf Anordnung irgendeines Bahnbeamten wie folgsame Maulwürfe wieder zurückmarschiert zum Perron drei – also die Ursache für das Ende der Heimfahrt auf halber Strecke, nämlich in Brugg, war diesmal ein auf offener Strecke stehengebliebener Güterzug. Er blockierte die Schiene zwischen zwei Bahnhöfen, Turgi und Brugg.

Man musste es einfach glauben, denn die Lautsprecher Durchsage stimmte mit den Informationen auf allen Handys der Fahrgäste überein.

Vor einer Woche waren meine Nerven weniger strapaziert. Es war die Heimfahrt nach einer beschaulichen

2-Seen-Schifffahrt von Neuenburg nach Biel gewesen. Für echte Ferienstimmung hatte damals, gleich zu Beginn der Reise, der schneeweisse SBB-Flitzer gesorgt.

Nachsicht mit der sonst so pünktlichen Schweizer Bundesbahn SBB ist dennoch angebracht. Ein Artikel vom 24. Juni in der NZZ «Schienen-Schaden» gab die volle Aufklärung meiner zwei Erlebnisse, die immerhin zu einer Kurzgeschichte führten:

«Bei der Abteilung Infrastruktur der SBB liegt vieles im Argen: Die Planung ist chaotisch, das Personal wechselt ständig, die Budgets werden nicht ausgeschöpft. Die Folge: Das Schienennetz der SBB zerfällt schleichend.»

Für Englisch sprechende Touristen müsste die SBB folgende Information durchgeben: Beware oft the station of Brugg! Und für deutschsprachige Reisende die Warnung: Hütet euch vor dem Bahnhof Brugg!

Im Geschichtsunterricht lernten wir zur Schweizergeschichte: Hütet euch am Morgarten.

Um die Relationen nicht zu verlieren, sei gesagt, diese kleinen Pannen haben keine Bedeutung verglichen mit Zugentgleisungen auf dem weltweiten Schienennetz der Züge.

Zwiegespräch unter neuen Nachbarn

A: Wie bitte?

B: Diese Frau spielt Klavier und hat einen Hund.

A: Keinen Mann?

B: Nein, keinen Mann.

A: Einen Hund und ein Klavier, sagst du, hat sie. Das reicht aber nicht, um glücklich zu sein.

B: Hast du eine Ahnung. Ihr Klavier beantwortet ihre Gefühle in den schönsten Klängen. Das bringt ein Ehemann niemals fertig, es sei denn, er sei Musiker.

A: Vielleicht hast du Recht. Aber ein Hund ist kein Partner.

B: Da täuschst du dich. Ein Hund ist immer treuer als ein Ehemann.

A: Mag sein, gebe ich ja zu. Dennoch, mit einem Hund kann sie in der Gesellschaft nicht öffentlich auftreten.

B: Das kann sie mit einem Ehemann auch nicht, weil sie nie sicher ist, ob unter den Anwesenden eine aktuelle oder eine verflossene Geliebte ihres Mannes ist, von der sie heimlich bemitleidet wird.

A: Als betrogene Ehefrau, meinst du?

B: Genau, deshalb ist ihr das Mitleid jener lieber, die denken: «Jetzt ist sie auf den Hund gekommen.»

A: Du meinst wie in Bulgakows Buch «Hundeherz»?

B: Ja, ähnlich.

Im Spital Muri

Zulassungsbedingungen für das Spital, schwere Krankheit oder grosse Körperverletzungen, habe ich erfüllt, nach einem schwindelerregenden Sturz in der Küche. Dank meiner Notfalluhr, die nur einen geringen Druck auf ein Uhrenschräubchen erfordert, um mit der Notfallzentrale in Verbindung zu treten, blieb ich nicht liegen, bis mein Hund die Leine durchgebissen hätte und dann seine unbewegliche, wimmernde Herrin doch nur zum Trost ablecken könnte.

Nur ein einziges Bein muss durch einen Sturz, mit der Folge eines Oberschenkelhalsbruches, lahmgelegt werden, und schon bist du nur noch ein Wurm auf den Küchenfliesen; du wälzt dich, windest dich vor Schmerzen und kommst nicht mehr hoch zum Zweifüsserstand. So schnell verliert der Mensch den stolzen aufrechten Gang!

Es bedarf nur eines Kabels, das dir in einer Zehntelssekunde eine Schlinge um den Fuss legt und dich mit all deinen fünfundsechzig Kilos zu Fall bringt. Wehe dem Knochen, der dieses Gewicht abfedern sollte! Er bricht entzwei und schon bleibst du in der Horizontalen liegen, aus der dich selbst die drei kräftigen Profis der Notfall Ambulanz nicht mehr in die Senkrechte bringen. Dafür legen sie dich sanft auf eine Tragbahre, die sie in ein Spezialauto für Verletzte schieben. In diesem Schweizer Fahrzeug wirst du so ruppig über die Strassen gerüttelt, dass dir der Bulgarische Film jenes Ambulanzwagens in den Sinn kommt, in dem Patienten oft nur noch tot im entfernten Spital ankamen.

Doch ohne den Schutzengel in Form meiner Notfalluhr am Handgelenk, wären die drei Männer des Rettungsdienstes Intermedic gar nicht erst zu Hilfe gekommen. Der Alarmknopf an der Uhr rettete mich vor dem Verdursten am Boden. Die Antwort des Notfalldienstes gab Hoffnung und dann die erlösende Stimme von Frau H., die sich für die Speicherung ihrer Telefonnummer bereit erklärt hatte und jetzt versprach, sofort zu Hilfe zu kommen. Ich erkannte ihre Stimme im Schock zuerst nicht. Es folgten lange zwanzig Minuten am Boden mit einem ungewohnten Blickwinkel in meinem Haus. Es ist höchst verwunderlich, dass ich in einer existentiell bedrohlichen Situation die Staubwolke unter dem danebenstehenden Möbel wahrnahm. Doch die Realität liess mich nicht los, eine Liste jener Dinge, die mir die Retterin für das Spital einpacken sollte, ging mir durch den Kopf – und Timmy, mein Collie, der in der offenen Stubentüre angebunden winselte, zu welcher Betreuerin konnte er gehen? Zu Verena, sie kennt meinen Hund und mag ihn sehr.

Der heftige Schmerz in der Leistengegend liess keinen Zweifel darüber, dass der Oberschenkelhals entzwei war. Um den Schmerz auszuhalten, legte ich – frag nicht wie – das verletzte Bein auf das gesunde, und blieb in dieser seitlichen Lage bis meine Retterin ankam. Auch sie war mit einer neuen Situation konfrontiert, so dass ich ihr diktieren musste, was zu tun war: Spital Muri telefonieren, was sich als falsch herausstellte, weil die erste Anlaufstelle die Ambulanz mit der Telefonnummer 144 war. Dann gab ich Anweisungen bezüglich Reisetasche, Toilettenartikel, Medikamente, Unterhosen, Socken, Pullis, Schuhe, Pyjamas etc. Woher nahm ich bloss die Konzentration?

«Guten Morgen, ich komme von der Hotellerie!», stellte sich eine Frau an meinem Bett vor, ohne die übliche Berufskleidung des Spitalpersonals. «Wollen Sie eine halbe Portion vom Menu IV?» – «Ja gern, ich bin im Augenblick auch nur eine halbe Portion.» Jedenfalls fühlte ich mich so nach meiner ersten Morgentoilette im Spital, wo ich die Nacht nach einer Hüft Operation verbracht hatte.»

Das Angebot der Spitalküche tröstete darüber hinweg. Das Menu war ein visueller Genuss: Ein Stapel Ananasscheiben, hellgelb – ein Stapel Melonenschnitze, orange-gelb – ein paar dunkelblaue Traubenbeeren – zwei purpur-rote Erdbeerschnitze – all dies ein Gaumen Gedicht.

Der kreative Mann der Medizin, der Orthopädische Chirurg, Herr Dr. Müller, zeigte heute ein zufriedenes Lächeln, als er meine Wunde und sein Meisterwerk, ein funkelnagel-neues Hüftgelenk, überprüfte.

Die Krankheit Alzheimer durchbricht keine sechzigjährigen Partnerbande. Wie jung Verliebte sitzen sie nebeneinander. Sie, eine achtzigjährige Alzheimerpatientin im Nebenbett meines halbprivaten Spitalzimmers; er, ihr Ehemann, der mir stolz mitteilt, dass er sie vier Jahre daheim betreut habe, bis zu seinem Herzinfarkt.

Alles, was er ihr erzählt, bestätigt sie mit Worten wie: «Ei, ei – ja, ja!»

«Wir sollten zusammen jassen können.», meint er, «Ja man sollte!», meint sie.

«Man weiss mindestens, wo du bist und dass du gut essen kannst. Wenn ich Autofahren könnte, wäre ich in eine Gärtnerei gegangen und hätte dir Blumen gebracht.»

Die alte Frau, immer noch unattraktiv mit dem Spital-hemd bekleidet, versucht dieses auszuziehen, worauf ihr Gatte gelassen sagt: «Nein, das kannst du nicht machen!» Er steht auf und zieht sie liebevoll wieder an.

«Soll ich dir etwas besorgen, helfen?»

«Nein!»

«Du musst mir etwas sagen, so dass ich es verstehe. Jetzt muss ich jemand holen.»

«Ja, geh einmal!»

Gestern erlebte ich, wie mühsam eine Alzheimer Patientin als Bettnachbarin sein kann. Sie war bis nachts zehn Uhr motorisch so unruhig, dass ich keinen ruhigen Augenblick hatte. Sie spielte mit allen zur Verfügung stehenden Kabeln (!) und rüttelte an ihrem Bett, als ob sie es demontieren wollte. Mir kamen dazu Erinnerungen an meinen einjährigen Sohn, der auch einmal pausenlos an seinem neuen Kinderbettchen rüttelte. Man sagt, im hohen Alter schliesst sich der Kreis des Lebens von der Kindheit...

Heute ist der zweite Besuch des Ehemannes meiner Bettnachbarin mit diamantener Erfahrung in der Ehe. Seine Frau will heute nicht aufwachen. Es ist drei Uhr nachmittags. Sie muss einen eisernen Willen haben, um sich von einigen Pflegefachpersonen, dem Arzt inklusive, nicht aus dem Schlaf (?) aufwecken zu lassen. Vielleicht handelt es sich um eine Variante des Totstellreflexes! Das gelingt ihr auch im Stuhl, auf den die Pflegefachfrau sie gesetzt hat, mir gegenüber am Frühstückstisch. Einmal nur tappen ihre Hände in die mit Butter und Konfitüre bestrichenen Weggli – während ich zu meinem Frühstück die Nachrichten der AZ lese.

Ich werde den Eindruck nicht los, dass die demente Frau aufgrund ihres Geburtsjahres von 1928 sich langsam von dieser Welt verabschieden will. Sie ist einfach zu müde, jeden Tag die Augen zu öffnen, nur um den Alltag mit Essen, Körperpflege und Warten zu bewältigen. Sie macht auch dann nicht die Augen auf, als ihr der Ehemann Worte eines ewigen Liebhabers ins Ohr flüstert: «Sie ist eine ganz Liebe, die Lydia!» – Ihre Antwort ist ein müdes «Mmh!» Sein Liebesgeflüster hat in ihren Ohren nichts Aufweckendes, es war vielleicht sechzig Jahre andauernde Background Musik.

Endlich, um halb vier am Nachmittag kommt die richtige Pflegefachfrau, für die unser Alzi-Grosi die Augen öffnet und antwortet. Es gibt nicht nur Pferdeflüsterer, es gibt auch Alzheimerflüsterer.

Ein zweiter Notfalldienst meinerseits war heute notwendig. Wie das letzte Mal musste ich mein Telefongespräch abrupt beenden, den Hörer an der Schnur baumeln lassen, um dem Alzi-Grosi auf ihrer Flucht aus dem Bett, samt Infusionskabel am Körper, zu Hilfe zu eilen. Letztes Mal flüchtete sie aus ihrem Spezialstuhl, dessen Verriegelung mittels eines festgeschraubten Tischchens fehlte. Um ihr Bein legte sich der Schlauch des Katheters, den sie mitschleppte. Kurz vor ihrem Sturz packte ich sie unsanft an den Schultern und schrie: «Stopp!» Ihr Körpergewicht stellte mein Gleichgewicht mit der drei Tage alten, neuen Hüftprothese auf die Probe. Hatte ich doch erst gestern gelernt, an Krücken zu gehen, mit einem nagelneuen Hüftgelenk, das ich doch nicht gleich wieder durch einen Sturz zertrümmern wollte. Die professionelle Hilfe einer Pflegefachfrau kam schnell, nachdem ich die Notfallglocke gedrückt hatte.

«Sie sind müde!», sagte ich zu meiner Zimmernachbarin, die eingeknickt in einem Stuhl sass – müde von ihrem langen Leben von 1928 bis 2015.

Abends konnte sie jedoch nicht schlafen im Bett. Sie zerrte am Kabel der Notfallglocke, sie versuchte das Pflaster des Infusionsschlauches am Handgelenk zu entfernen. Meine Interpretation dieses Verhaltens sollte recht bekommen: Ihre Finger brauchten eine Beschäftigung. Doch vergebens bat ich das Pflegepersonal um Dinge wie einen kleinen Ball mit Noppen, den unsere Gesellschaft jedem Hund schenkt. Sachen zur manuellen Beschäftigung hätte nur die Kinderabteilung im Spital. Ob der Weg dorthin zu mühsam war?

Als ich der frierenden Lydia meinen Pulli um die Schultern legte, sagte sie: «Danke!» Bald begannen ihre Finger mit dem lockeren Gewebe des Pullis zu spielen. Es fehlte ihr ein Spielzeug.

Neben meinem Bett steht heute, seit zwei Uhr nachmittags, ein leeres, anonymes Bett, zugedeckt mit einem sterilen Plastik. Darin hat das Alzi-Grosi von Samstag bis heute Morgen gelegen, geschlafen, am Bettgestell gerüttelt und ab und zu gelacht. Jetzt ist sie wieder im Pflegeheim zu Hause, zusammen mit ihrem Ehemann. Sie fehlt mir. In meinem Spitalzimmer fehlt etwas Wesentliches, menschliche Gesellschaft, auch wenn sie zuweilen anstrengend war für mich als Patientin.

Dafür spüre ich die Präsenz und Empathie der jungen Frauen in Weiss, die mich ein Dutzend Mal pro Tag fragen: «Kann ich etwas für sie tun?», und meine Wünsche auch in die Tat umsetzen. Die bildhübsche Sara mit den expressiven Augen packte meine zwei Reistaschen um, für die nächste Station, die Rehaklinik in Schinznach Bad. Auch sie werde ich vermissen, genauso wie den jungen Nachtwächter, der zu jeder Nachtzeit zum Scherzen bereit war. Ich solle ihn doch einfach «Bass» nennen, auch wenn er Gitarre spiele.

Der Samstagmorgen, mein letzter Tag im Spital, begann mit strahlender Sonne am blauen Himmel, um durch alle Südfenster des Spitals die Stimmung der Patienten nach einer frostigen Nacht anzuheben; weisse Spuren hatte sie auf den Wiesen hinterlassen.

Gedichte um des Reimes Willen

Sie hatte einen Hang
Zum Klang.
Daher sie sang
Ohne Jean (g).
Mir wurde bang
Ob soviel Klang.
Sie nicht mehr hörte lang,
Seitdem sie eine Wespe verschlang.
Ihre Musik verklang
Am Abhang.

Lieber Leo,
Wir haben nun einen Beo.
Darüber gelesen im Geo,
Das mir gekauft der Theo.

Der Pfarrer fragt den Organisten:
Woher kommen Sie?
Von Unterterzen,
Das ist nicht zum Scherzen.
Singen Sie immer in Terzen,
So ganz von Herzen?
Nein, das tun sie in Singen
Und in Andelfingen.
Dort sitzen sie an der Thur,
Und wenn sie singen, dann nur in Dur.
Manchmal auch in Moll,
Das findet der Pfarrer ganz toll,
Dann ist seine Kirche wieder voll.

Es sagte eine Katze 'miau' im Friaul.
Dort lebte auch ein Gaul,
Der sehr alt war im Maul,
Doch auf dem Feld nicht faul,
Deshalb kaufte ihn der Paul,
Vom Franzosen Raoul.

Efeu
Immer neu
nie gebeugt
Hindernis
Vergiss
Ärgernis
Schiss
Kiss
Klettern
Wettern
Mit Lettern

Aar-Reha Schinznach

Ein eventreicher Tag, der dreizehnte des Monats März. Der Rotkreuz-Fahrer transportiert mich vom Akutspital in eine Rehabilitationsklinik. Seine Stimme versetzt mich weit weg von der Schweiz, nach Südafrika. Von seiner Interimsheimat erzählt er und erzählt. Ich stelle mir Johannesburg lebhaft, chaotisch vor. In der Rehaklinik angelangt, werde ich wieder an schweizerischen, ernsthaften, tüchtigen Lebensstil gemahnt.

Eine Flut von Informationen prasselt auf mich herunter. An der Rezeption händigt mir eine gut aussehende, gepflegte Fünfzigerin ein Dossier von Info-Blättern aus, nicht ohne meine Unterschrift. Mein Gepäck hievt sie kraftvoll auf einen Servierwagen, der zwar zweckentfremdet, dafür praktisch ist. Einen zweiten solchen Wagen schleppt sie gleichzeitig hinter sich her. Da soll einer sagen, die Frau sei nicht ein Multitask Talent! Wir vier, zwei Personen und zwei Wagen zwängen uns in den kleinen Lift.

In meinem Doppelzimmer begrüsse ich die Mitbewohnerin, eine kleine, alte, hässliche Frau mit einer tiefen, monotonen Stimme, die vom Jenseits zu kommen scheint. Etwas Furchteinflössendes hat sie an sich. Deshalb habe ich wohl bis heute keine fünf Sätze mit ihr gesprochen.

Dafür kommen in vorprogrammierten Etappen eine Reihe Betreuungspersonen am ersten Tag zu mir:

Eine Frau packt für mich mein Gepäck aus. Ein Arzt befragt mich, nur medizinische Daten. Eine Physiotherapeutin setzt sich zu mir auf den Balkon, in die wärmende Märzsonne, nicht zum Vergnügen, sondern für den Fragebogen und für die Übungen, die ich am ersten freien Wochenende unbedingt ausführen sollte. Eine Pflegefachfrau, beladen mit einer Tonne Medikamente, alle für mich bestimmt!

Hinfallen, aufstehen, Krone zurechtrücken, weitergehen.

In den dicht bevölkerten Gängen rund ums Thermalbecken ist dieses Schild nicht zu übersehen; die Selbstachtung behalten, das ist die Philosophie für temporär gehbehinderte Patienten.

Eine rothaarige Katze mit Stummelschwanz sitzt auf dem Tisch der Rezeption, mit einer Selbstverständlichkeit, die ich erst bei genauerem Betrachten nachvollziehen kann: Eine körperlich behinderte Katze gehört zu gehbehinderten Leuten, die wohl die Hälfte der Menschen in diesem Haus, einer Rehabilitationsklinik, ausmachen.

«Ich fahr noch den Herrn dreizehn runter!», so klingt berufliche Kommunikation des Pflegepersonals.

Woran erkennt man die Lebensmüdigkeit einer alten Frau? Sie liegt in meinem Zimmer und gibt der freundlichen, hübschen rothaarigen Serbokroatin, auf deren Aufforderung zu trinken, die Antwort: «Aber dann muss ich nur wieder auf die Toilette gehen.» Ebenso könnte die müde Alte auf die gutgemeinten Worte «Sie müssen essen, Frau Feierabend!» die Antwort geben: «Aber das verdaute Essen geht ja anschliessend in die Kanalisation.»

Die Zimmerkollegin, sie mag gegen neunzig sein, strahlt mit ihren herunterhängenden Mundwinkeln einen Lebensüberdruss aus, der zu ihrem Kommentar bezüglich des Duschens passt: «Warum kann ich nicht übermorgen duschen?»

«Mach's doch wie ich!», ruft mir das Eichhörnchen von der hundert Meter entfernten Föhre durchs Fenster zu, während ich erschöpft auf dem Bett liege nach dem kurzen Spaziergang an Krücken, im Freien an der Aare.

«So fühlst du dich leichter, wenn du von einem Ast zum nächsten springst, immer höher hinauf – und dann senkrecht hinunter, von Ast zu Ast. So macht das Leben Spass, rauf und runter, den ganzen lieben langen Tag.», meint das Eichhörnchen. Mein Vergnügen ist etwas kleiner in der Rolle des Bewunderers solcher Kletterkunst. «Du hast gut reden, kleiner Flitzer, du Leichtgewicht mit deiner nicht operierten Hüfte!»

Mein lieber Sohn Jonas bestellte für mich gleich vier Bücher, eines davon in dreifacher Länge als Trilogie von Isabel Allende, damit bei mir an keinem Tag in der Reha eine schleichende Depression aufkommen konnte. Ebenfalls gegen dieses bekannte Übel fotokopierte er Klaviernoten, dank derer ich allabendlich den Flügel in der Empfangshalle zum Klingen bringen konnte, zur Freude des Häufchens zuhörender Patienten.

Jede Nacht läutete ich dreimal die Nachtwache herbei, um nicht in schläfrigem Zustand einen Sturz zu riskieren auf dem Weg zur Toilette. Schliesslich war der Aufenthalt in dieser Rehaklinik nur berechtigt dank eines Sturzes, der meinem Oberschenkelhals das Genick brach. Wenn ich nun nochmals einen Sturz schaffe in der Rehaklinik spürt die Krankenversicherung die Absicht und ist verstimmt.

Die Nachtschwestern unterschieden sich von den Pflegefachfrauen tagsüber. Die Nachtfrauen – nicht abwertend gemeint – waren etwas crazier, äusserlich wie im Charakter. Letzte Nacht liess eine solche Pflegefachfrau länger auf sich warten, während meine Blase flüsterte: «Wenn ich nicht bald entlastet werde, kann ich für nichts garantieren, der Schliessmuskel wird streiken.»

Ausser Atem kam die rothaarige Nachtschwester herbeigerannt und entschuldigte ihre Verspätung: «Manchmal ist es wie verhext, da läuten vier Patienten gleichzeitig um Hilfe.»

«Ja, die Hexe ist auch hier!», meinte ich, worauf die rothaarige Frau lachte und mir die Bemerkung entlockte: «Pumukl ist oft auch noch im Haus!» Dass ihre Erscheinung mich an Pumukl erinnerte, durfte ich nicht laut denken; ich war dankbar für Ihre Hilfe mitten in der Nacht.

Buchstabengetreue Interpretation der Vorschriften bringt Patienten in erheblichen Stress. «Punkt halb elf Uhr müssen Sie ihr Zimmer verlassen! Auch wenn Sie laut Stundenplan 10:15 Uhr das Geh-Bad tropfnass verlassen! Wir haben einen Aufenthaltsraum, in dem Ihr Gepäck auf Sie wartet!» «Also muss ich mich im Gang umziehen?», fragte ich etwas irritiert. «Nein, nein, es geht auch im Hallenbad, das Umziehen!»

«Nein, dort sind die Böden nass, sozusagen präpariert für den zweiten Sturz, damit das zweite Hüftgelenk auch eine Chance bekommt, ausgewechselt zu werden.» Ich entschied mich für den Verzicht aufs Geh Bad und für den entspannenden Liegestuhl im Warteraum mit Musik.

Es war Freitag. Radio Swiss Classic sendete ein Bouquet von Klängen der Heiterkeit, Beschwingtheit: Mozarts Zauberflöte, Michael Haydns Konzert für zwei Trompeten, Schwanensee von Piotr Tschaikowsky. Die Musik suggerierte Leichtigkeit des Seins aus dem Kopfhörer im Patientenzimmer an der Aare, die der Rehabilitationsklinik den Namen gab. Die Musik liess mich das schwere neue Hüftgelenk aus Titan vergessen, und damit meinen schwerfälligen Körpergang an zwei Krücken. Mit Schumanns «Träumerei», von Martha Argerich gespielt, verliessen meine Gedanken das Reha Zimmer und flogen davon zu den Wolken der Sehnsüchte.

Entführung auf der Excellence Queen in Amsterdam

Ich war an Bord eines Luxus Liners. Drei weitere schwimmende Hotels hatten in diesem Hafen angelegt. Schiffe jeder Grösse zogen an meinen Augen vorbei; ein Frachtschiff, an die hundert Meter lang, beladen mit Humus – wir waren im Land der Tulpen und der grössten Blumenbörse der Welt – eine Luxusjacht, ein Fischkutter, ein Segelschiff, ein sogenannter Einmaster und eine Fähre kreuzten die Hafenfahrbahn ohne Kollision, ebenso ein menschenleerer Luxus-Liner namens Ocean Diva Futura. Der Name des Schiffes erklärte, weshalb noch keine Fahrgäste an Bord waren. Die aufgemalten Namen der Schiffe liessen meine Gedanken in die Ferne schweifen: Tigris, Anne, Harbour Cruise. Die Reklame an einem Turm am Ufer inspirierte mich: «Hello, I'm A'DAM.» Ob es sich um Adam oder Amsterdam handelte, war hier eindeutig.

Sie war verschwunden, unsere Reiseleiterin Cecile. Ihre freundliche Stimme mit Durchsagen am Mikrofon war verstummt. Ich hatte sie zuletzt durch das Fenster gesehen, ungefähr sieben Uhr abends. Wir, alle Schiffsgäste, waren im Speisesaal beim opulenten Nachtessen am Geniessen des gegrillten Doraden Filets und der Barbarie Ente an Schokoladen Kirsch Sauce.

Mir war aufgefallen, wie hektisch die Reiseleiterin Cecile auf unserem Landesteg in Richtung Strasse gerannt war, dort unruhig nach links und rechts geschaut hatte, so als suchte sie dringend jemand. Vielleicht hatte sie die lokale Reiseführerin zur Besprechung der nächtlichen Grachtenfahrt aufs Schiff bestellt; diese erwartete Dame fürs Nachtprogramm war jedoch nicht erschienen. Seit jenem Augenblick blieb unsere so geschätzte Reiseleiterin unauffindbar. Eine Frau, die an Bord für alle Spezialwünsche der einhundertdreiundzwanzig Gäste ein Ohr und eine Lösung hatte, wurde sehr schnell vermisst, wohl ihre Rettung. Ihre betreuende, immer freundliche Stimme war durch den Lautsprecher von meiner wasserumspülten Kabine des Hauptdecks bis hinauf ans Sonnendeck fast rund um die Uhr hörbar. Sie beruhigte mich, wenn spät in der Nacht die Dieselmotoren und die Wasserschaufeln, als wären sie unter meinem Bett, rüttelten, vibrierten, stöhnten. Die Wassermassen rauschten wie ein Wasserfall unter meinem Kabinenboden. Kein Wunder, da das Flussschiff eine volle Stunde brauchte, um sich in den quer zum Schelde-Rijnkanaal liegenden Kanal Richtung Amsterdam zu manövrieren.

Cecile war immer besorgt gewesen um die Durchführung des vielschichtigen Tagesprogramms und ebenso um das Wohl der Reisegäste an Bord und an Land, damit sie in den Genuss des reichen Angebots auf und fern der Excellence Queen kamen.

In Hoorn, auf einer Landzunge in West-Friesland, kämpfte sie für die Sitzplätze ihrer gehbehinderten Reise-Schäfchen auf einer offenen Mini Bahn, die eine Stadtrundfahrt ermöglichte. Cecile vertrieb kurzerhand fremde Touristen.

Plötzlich ging auf dem Schiff der Alarm los. Die Reisegäste, alle gemütlich plaudernd beim Fünf Gang Dinner, reagierten unterschiedlich. Einigen blieb der Bissen Saibling im Hals stecken, andere Gäste husteten den letzten Schluck Wein heraus, einige riefen hysterisch um Hilfe. Eine Frau schrie: «Ich kann nicht schwimmen!» Ihr Mann brüllte sie an: «Jetzt musst auch DU ins Wasser, DU wolltest unbedingt eine Flussfahrt buchen beim Reisebüro Mittelthurgau. Ich habe dich ja gewarnt.»

Die meisten Passagiere liessen Gabel und Messer fallen, stürmten los Richtung Sonnendeck, um einen Rettungsring zu fassen, wie am ersten Tag instruiert. Das Chaos war unbeschreiblich auf diesem sonst so fröhlichen Flussschiff. Gehbehinderte stürzten, wurden niedergetrampelt; Schmerzensschreie hallten durch den sonst so gemütlichen Speisesaal, dessen Leckereien das Paradies vorgetäuscht hatten.

Dann ergriff der Hotelchef das Mikrofon. «Liebe Fahrgäste, keine Panik bitte, sie müssen das Schiff nicht verlassen. Der Alarm ist irrtümlich ausgelöst worden. Bitte gehen sie in Ruhe zurück an ihre Tische. Ich werde sie bald aufklären über den Irrtum. Danke für ihr Verständnis. Weiterhin einen guten Appetit!»

Dieser war den Gästen nach dem Schrecken abhandengekommen. Die Flussfahrer – vor einer Stunde noch trunken von der Schönheit der Polderlandschaften, besänftigt vom ruhigen Gewässer des Ijsselmeeres, einer eingedeichten Meeresbucht zwischen den Küsten von Friesland und Nordholland – hatten in ihrer Panik etwas Wesentliches nicht bedacht!

Weil die Stimme der Reiseleiterin nun fehlte – die Gäste wussten ohne sie nicht, wie es an Bord weitergehen sollte – wurde eine Suchaktion gestartet. Das Programm, die nächtliche Grachtenfahrt in Amsterdam, wurde abgesagt. Alle Gäste standen unter Schock; sie beobachteten die Blaulichter von drei Amsterdamer Polizeiwagen vor dem Landesteg. Niemand der hundertdreiundzwanzig Fahrgäste durfte das Schiff verlassen, nicht wegen eines befürchteten Virus, sondern wegen des unerklärlichen Verschwindens der Reiseleiterin.

«Wen hatte die Reiseleiterin, um sieben Uhr abends, mit so viel Nervosität, am Eingang des Schiffshafens gesucht?», fragte ich mich.

War es Zufall, dass ein anderes, ebenso grosses, stolzes Reiseschiff, nämlich die Swiss Tiara, parallel zur Excellence Queen am Kai des Hafenbeckens Nachtquartier bezogen hatte?

Welcher Reisegast an Bord der Excellence Queen, oder welches Crew Mitglied konnte ein Motiv haben, die eigene Reiseleiterin zum Verschwinden zu bringen, zu entführen, gar zu ermorden?

Dennoch bestand der Hotelchef darauf, dass die Amsterdamer Polizisten sämtliche Fahrgäste der Excellence Queen, Paare getrennt, einer Befragung nach Alibis, unterzogen. Das würde die ganze Nacht lang andauern.

«Wo waren Sie um neunzehn Uhr?» Diese Frage konnten alle Fahrgäste, ohne Verdacht zu erwecken, beantworten: «Im Speisesaal beim Abendessen natürlich!»

«Also Antonia, du hast mich verstanden, du erzählst dem Kriminalbeamten nichts von unserem gestrigen Ehestreit, auch kein Wort von unserer Meinungsverschiedenheit im Gespräch mit der Reiseleiterin!» So ermahnte Thomas seine Ehefrau, kurz bevor sie vom Kriminalpolizisten befragt wurden.

«Können Sie mich bitte umgehend mit meinem Anwalt in der Schweiz telefonisch verbinden!», verlangte ein älterer, nervös gestikulierender Herr die ungarische Frau an der Rezeption. «Tut mir leid, die Holländische Kripo hat alle telefonischen Verbindungen der Excellence Queen blockiert.»

Unruhig patrouillierten ein gutes Dutzend Fahrgäste auf dem Sonnendeck, auf und ab. Ein Sternenhimmel schaute besänftigend auf die verwirrten Flusstouristen. Lautes

Stimmengewirr drang aus dem Hauptdeck, wo die Bar nie zuvor so gut besucht war. So viele alkoholische Cocktails hatte der ägyptische Barmann an keinem Tag zuvor ausgeschenkt. Die Folge war hörbar in hysterischem Gelächter. Schwarzer Humor überdeckte jede Angst, vorübergehend.

«Unserer erfahrenen, quirligen Reiseleiterin ist bestimmt nichts zugestossen; sie hat vielleicht einen Liebhaber in dieser Weltstadt besucht!» – «In ihrer Dienstzeit macht die seriöse Cecile nicht solche Eskapaden; schäm dich, du Möchtegern-Seitenspringer!»

Der oder die Mörderin hatte den Zeitpunkt gut ausgelesen, oder doch nicht? Die Excellence Queen konnte den Hafen von Amsterdam erst dann verlassen, wenn die vermisste Reiseleiterin gefunden war, lebendig oder tot.

Gegen sechs Uhr früh, nachdem alle Menschen an Bord, die Crew inklusive, befragt worden waren, alle mit einem guten Alibi unverdächtig, bemerkte ein Polizist, wie nahe der andere Luxus Liner, die Swiss Tiara, an die Excellence Queen angelegt hatte. «Wir brauchen jetzt vom obersten Amsterdamer Kriminalbeamten die Erlaubnis, die Untersuchung auf das Nachbarschiff auszudehnen!», meinte der überzeugte Polizist, der an Sabotage der Konkurrenz Schiffscompany dachte.

Wenige Stunden später wurde die vermisste Reiseleiterin von Kriminalbeamten, getarnt als Journalisten, auf dem Schiff Swiss Tiara gesucht. Diese drei Leute, zwei Männer und eine Frau, wollten das ganze Schiff besichtigen, fotografieren, angeblich für Werbung. Sie taten es mit Erfolg, nicht für die Werbung, sondern für den Kriminalfall. Eine verschlossene Kabine musste der Schiffsmanager öffnen, weil die Journalisten sich schliesslich als Kriminalbeamte der Stadt Amsterdam auswiesen. Was sie zu sehen bekamen, war ihren Vorstellungen nahe – eine gefesselte Frau, die vermisste Reiseleiterin.

Der Hotelmanager beruhigte endlich die verunsicherten Flussschiffahrt Gäste mit einer Lautsprecher Durchsage: «Meine Damen und Herren, soeben bekam ich das schriftliche Protokoll der Amsterdamer Kripo. Sie hat unsere Reiseleiterin Cecile auf dem Nachbarschiff Swiss Tiara gefunden; sie ist den Umständen entsprechend in guter Verfassung!» Ein Freudenschrei der Gäste, wie aus einer Kehle, brachte Kristallgläser zum Zerspringen. «Sie will Ihnen persönlich am Mikrofon mitteilen, was sie auf der Swiss Tiara erlebt hat. Ich übergebe ihr jetzt das Mikrophon.»

«Meine lieben Flussschiff Freunde, ich bin wieder bei euch, heil zurück von einer Kidnapping Tour auf der Swiss Tiara, einer Konkurrenzfirma zu unserem Schiffsriesen Excellence Queen. Sie setzten mich unter Druck, Betriebsgeheimnisse preiszugeben. Nicht einmal vor den Fesseln am Stuhl verschonten sie mich. Sie verklebten mir den Mund mit den zynischen Worten: ‹Wenn sie über ihre Firma reden möchten, nehmen wir ihnen selbstverständlich das Klebeband wieder ab.› Sie bekamen kein Wort der Information von mir – bis mich die Amsterdamer Kripo fand. Die Konkurrenz der Excellence Queen, die Swiss Tiara, wird einen langen kostspieligen Prozess auf sich nehmen müssen und, was schlimmer ist, eine negative Werbung für ihr verbrecherisches Unternehmen. Ich danke euch für eure schnelle Vermisstenmeldung. Heute Abend feiern wir mein Überleben mit einem Glas Champagner, den ich spende.»

Einigen Zuhörern kamen die Tränen, viele klatschten solange in die Hände wie nach einem grossartigen Konzert.

Die Reiseleiterin betreute, trotz ihrer erlittenen Entführung, die ganze Reisegesellschaft der «Glanzlichter Hollands und Belgiens» bis ans Ende der Reise. Sie selbst war in der Tat das Glanzlicht.

Boswil Goes China

Die Chinesin Yang Jing komponierte 2014 im Auftrag des Boswiler Konzert Sommers das Werk «Der grosse Wagen», dessen Uraufführung für Sopran, Cello, Pipa, Flöte, Perkussion, Gong, Paper, Water, Bamboo-Branch, Triangle, Muyü und Xiaolou von insgesamt fünf Musikern gesungen und gespielt wurde.

Dieses Musikstück verwendet sieben einzelne Akkorde: Yin, Erde, Holz, Wasser, Metall, Feuer und Yang.

Das purpurrote Satin Kleid, fein drapiert um die Hüften, unterhalb der mit Edelsteinen verzierten Brust, pechschwarze Haare zogen meinen Blick auf sich. In ihrer Zugabe mit einem Solo auf dem ältesten Zupfinstrument der Welt, der Pipa, entlockte sie mit Streicheln und Schlägen jubelnde und klagende Töne, bis aus dem hölzernen Klangkörper ein donnerndes Instrument wurde. Zuweilen hörte ich ihr verwandtes Zupfinstrument, die Balalaika.

Die Sopranistin, in zitronengelbem Kleid, hochgeschnitten bis zum Hals, dafür die Schultern frei atmend ohne Verhüllung, erinnerte bei ausgestreckten Armen mit fallendem Chiffon, Flügeln gleich, einem Engel.

Ihre Stimme konnte himmlisch sanft singen – doch dann verwandelte sich der Engel in eine Königin der Nacht mit schriller, hoher klangvoller Stimme. Sie hatte viele Rollen zu singen. Für den zweiten Satz «Ich will den Wind reiten» hauchte ihre Stimme wie der Wind, als wolle sie eine verbrannte Wunde kühlen. Auch der Flötist blies nur Windes Klänge.

Dann wieder übernahm die Sopranistin die Rolle des fehlenden Dirigenten. Mit ihrer schmalen, langen Hand gab sie den Takt an, rechts, während ihre Linke in der runden

Glasschale Wasser zum Klingen brachte, indem sie den Haselzweig umrührte, gleichsam wie eine zeitgemässe Frau mit Multitask-Begabung.

Der Perkussionist spielte Klänge mit natürlichen Schallquellen, wie Papier, Wind, Bambus und Stein.

Die Tonskalen bilden einen Kreis von Yin bis Yang. Die hörbare Natur dank Musikinstrumenten, dank einer Musikerin aus China, vermittelt die natürlichsten Klänge auf unserem Planeten.

Genie oder Wahnsinn

Der Wahnsinn liegt um Haaresbreite neben dem Genie. Dieses, in ein hautenges, dunkelblaues Seidenkleid mit drapierten Streifen gehüllt, liess die Finger, Hände über die Tasten gleiten, in einem atemberaubenden Tempo, das mich erschauern liess. Ob es Prokofievs Klänge von einem anderen Planeten oder von einem verwandten Genie als Interpretin des Klavierkonzertes in B-Dur waren?

Jetzt dreht sie durch, die Pianistin von Georgien, Khatia Buniatishvili, dachte ich mit einem beklemmenden Gefühl.

Kaum war der letzte Ton des Klaviergrollens verklungen in der Kirche von Boswil – sie hätte leer sei können, so still verhielten sich zweihundert Zuhörer/-innen wie in Trance versetzt – stand eine junge Frau mit einem Lächeln auf, als sei sie nicht die Frau, die soeben wie weggetreten gespielt hatte. Mit ihrer Anmut, schulterlangen schwarzen Haaren und der noch verklingenden Leidenschaft verneigte sie sich vor dem applaudierenden Publikum, das nicht genug bekam von ihrem Zauber am Klavierflügel.

Während sie vom Boden abgehoben, in Trance, langsame Passagen spielte, ihren eigenen Fingern zuhörend mit geschlossenen Augen, als sei sie nicht in unserer Kirche, nahmen wir nur ihr Profil und den gerade aufgerichteten Rücken wahr – wir lauschten einer Klangwelt, die ihresgleichen sucht, es sei denn im Paradies – vielleicht ist dies das Paradies.

Knie-, Hüfte- oder Schulteroperation?

Was darf's denn diesmal sein, Knie-, Hüfte- oder Schulteroperation? – Schulter, bitte!

Sogar den Rückweg vom Spitalrestaurant ins Spitalzimmer auf der Dermatologie-Abteilung habe ich allein gefunden; ob dank des Spitalplans oder dank Stärkung durch ein Erdbeer-Tortenstück, ist unwesentlich.

Das ganze Dossier mit allen Dokumenten meiner vergangenen Operationen in der Orthopädie des Universitätsspitals war mir ausgehändigt worden.

Morgen also, Operationsdauer drei Stunden, schwarz auf weiss gedruckt, kein Zweifel. Morgen wird also der grosse, charmante Herr PD Dr. Albrecht drei Stunden lang an meiner rechten Schulter operieren, er wird die Sehnenenden des Spinatus, des Supraspinatus und des Bizeps suchen und minutiös zusammennähen, ferngesteuert, arthroskopisch.

Rotatorenmanschetten-Rekonstruktion ist die medizinische Bezeichnung für diesen operativen Eingriff in der Schulter.

Soeben hat er mich im Spitalzimmer besucht, seine Aufmunterung machte meinem hohen Puls Mut. Als ich ihm meine Nervosität gestand, gab er ehrlich zu, auch er hätte eine gewisse Nervosität, die notwendig sei, um gute Arbeit als Chirurg zu leisten. Er meinte, allzu grosse Selbstüberschätzung sei gefährlich. Und um mich zu trösten, erwähnte er die bevorstehende Operation an seiner eigenen Schultersehne, die er beim Sport verletzt hatte.

Grosse Musiker und Schauspieler haben meistens vor jedem neuen Auftritt vor dem Publikum Lampenfieber; dies habe ich oft gelesen. Dass es Chirurgen ebenso geht, habe ich nicht gewusst, bis heute.

Eine unterirdische abenteuerliche Fahrt auf einem Fahrzeug, ähnlich den Kofferwagen auf dem Flughafen, habe ich auch hinter mir.

«Lei è Svizzera?», fragte mich der Chauffeur dieses Freiluftfahrzeuges.

In diesen langen, menschenleeren unterirdischen Gängen könnten Morde unbemerkt geschehen, geht mir durch den Kopf, während ich mich festhalte wie auf einer Bergbahn.

Nach dem vegetarischen Nachtessen wollte mich auch der Assistenzarzt des Privatdozenten Dr. Albrecht kennen lernen, im Wachzustand vor der Operation. Seine Augen blitzten vor Begeisterung für das Abenteuer des nächsten Tages. Ich begann zu verstehen: Operieren ist nicht nur eine Herausforderung für Ärzte, wenn alle drei Stricke, pardon, Sehnen gerissen sind, sondern auch eine Leidenschaft, ähnlich den Expeditionen von Naturforschern. Kein Wunder, hatte der Chirurg die Bemerkung gemacht: «Wir sind morgen die ersten auf der Piste!»

Zweiter Tag. Eine unbekannte Pflegefachfrau weckt mich um fünf Uhr früh, ohne Vorankündigung am Tag zuvor. «Nein, Zähne putzen dürfen sie noch nicht! Sie müssen jetzt duschen, nein nicht mit ihrem Duschmittel. Ich gebe ihnen jetzt ein Desinfektionsduschmittel. Auch keine Schminke!» Ihr Tonfall erinnerte mich an die Verbote der Klosterfrauen im Mädcheninternat.

Als ich den Morgenrock anziehen wollte nach der Dusche mit der braunen Brühe, intervenierte die leicht behindert wirkende ältere Krankenschwester. Nach meiner Antwort «Schulter Operation» auf ihre Frage, verzog sie ihr Gesicht zu einer Grimasse. Meine Interpretation ihrer averbalen Antwort hiess für mich: «Oh Sch…»

Die weissen Operationsstrümpfe, die sie mir anziehen musste, bereiteten ihr Mühe, sie zerrte sie nach allen Seiten.

Mir war es egal. Die Nachtarbeit kostete sie anscheinend in ihrem vorgerückten Alter ziemlich Nerven.

Auf Radio Swiss Classic hatten mich Lieblingsklänge besänftigt, aus dem Klavierkonzert in A-Moll von Mendelssohn, gespielt vom Aargauer Pianisten Oliver Schnyder.

Meine Uhr zeigte inzwischen sechs Uhr dreissig, Zeit für den Start in die Arena der Chirurgen. Bald bin ich Ihnen, lieber Herr Doktor Albrecht, auf Gedeih und Verderb, ausgeliefert. Sie haben schon viele Sehnen zusammengenäht – ob sie Spinatus, Supraspinatus oder Bizeps heissen – bis Sie die Auszeichnung eines Privatdozenten bekamen, also wozu meine Angst?

Viel später – die Operation hatte zweieinhalb Stunden gedauert – neigte sich der Schulteroperateur zu mir herunter, um mir mitzuteilen: «Alles ist gut gelaufen, Frau Schwertfeger. Nur die untere Sehne war etwas hartnäckig.» Ich bedankte mich bei ihm, noch benommen von der Narkose.

Boston 2006

«Downtown?», «Nein, da müssen wir nicht aussteigen!», meint Klara mit Bestimmtheit, «erst an der South Station haben wir eine Verbindung nach Providence.» Es ist die grüne Stadt, in der mein Sohn Jonas lebt, Informatik studiert während drei Semestern, um mit dem Master abzuschliessen.

Ein sogenannter Commutal Train, bei uns S-Bahn genannt, fährt uns von Boston nach Providence in Rhode Island, dessen ohrenbetäubendes Geleise-Geratter die Fahrt zum Stress werden lässt, weil der Schaffner die Aussentür ganz willkürlich mal schliesst, mal offenlässt. Der Fussboden ist übersät mit Müll, was ein Schweizerauge stört. Die Fenster sind zerkratzt, trübe vom Regen, lassen die herbstlichen Wälder nur erahnen, die Farben des Indian Summer dringen impressionistisch verschwommen ins Zugabteil. Die Landschaft bleibt auf der ganzen Strecke wie ein Bild, das ich wie durch eine von Kondenswasser getrübte Brille anschaue.

Was für ein Gegensatz zur Newberry Road in Boston, mit Schaufenstern im Stil des vornehmen Florenz, mit dem Restaurant auf der 50. Etage ganz oben auf dem Prudential Center in Boston.

Klara und ich werden von Jonas und Rebecca, seiner Freundin, am Bahnhof Providence abgeholt und in einheimischer Manier über den Fussgängerstreifen gejagt, während die Autos noch nicht zum Stehen gekommen sind. In ihrer Dachwohnung, im vornehmen Viertel des College Hill der Brown University, werden wir empfangen und bewirtet.

An dieser Universität verbringt er seit August 2006 elf Stunden, jeden Tag. Seine Hirnzellen werden spezialisiert auf Wahrscheinlichkeitsrechnungen und X-Algebra. Glücklicherweise ermöglicht ihm seine Freundin Rebecca die Verbindung zum realen Boden.

Was es bedeutet, auf dem Meer zu sein bei Sturm, habe ich an einem Nachmittag erlebt, zusammen mit meiner Freundin Klara, weit draussen auf dem Atlantik, fern des wunderschönen Hafens von Boston. Der Werbetext «Whale Watching» hatte auch uns als Touristen in Verführung gebracht. Ungeachtet der Warnung vor hohem Seegang bestiegen wir ein, für Meeresverhältnisse, kleines Schiff. Auf dem Zürichsee hat es dieselbe Grösse. Nur kurze Zeit konnte ich mich stehend dem Anblick von Walen, d.h. deren Rücken und Springbrunnen, hingeben. Der Magen verlangte sehr bald ruhende Sitzposition. Doch seekrank wurde ich nicht. Meine Freundin erlitt dagegen alles, was Seekrankheit mit sich bringt!

Das Gespräch mit einem polnischen Studenten, mit einem soeben zum Psychologen graduierten jungen Mann, nahm meine Aufmerksamkeit voll in Anspruch. Solche Begegnungen sind jener mit seltenen Schmetterlingen ähnlich.

Schlafstörungen meldeten sich aufgrund von zu vielen Eindrücken, die auf mich niederprasselten wie Hagelkörner, in der U-Bahn, im Amtrack.

Diese tausend traurigen, stumpfen Augen auf die U-Bahn wartend, wie könnt' ich sie nachts vergessen? Von all diesen Menschen wusste ich nichts zu Hause im kleinen Radius meines Dorfes in der geordneten Schweiz, die so viel soziales Elend nicht kennt. Es gibt daheim auch nicht so viele gestrandete Menschen aus jedem Winkel der Erde wie in Boston, der Prunkstadt mit Wolkenkratzern, die mir den

Atem rauben mit ihrem architektonischen Zauber, der in der dunklen Nacht berauscht mit so viel Schönheit.

Nachts um 3:30 Uhr kommt mir die erlösende Idee, nach zweistündigem hin und her wälzen im Bett, gequält von Gedanken, die eine Eigendynamik entwickeln, wann immer der Körper Ruhe sucht, sie aber niemals bekommt: Musik!

So höre ich jetzt im Badezimmer des Hotels Best Western Adam's Inn – um die Freundin nicht zu wecken – Irische Klavierklänge von Phil Coulter. Alte irische Weisen hat er meisterhaft bearbeitet für sein Orchester. Ausgerechnet die Iren komponierten so viele Lieder der Zuversicht, obwohl sie in dieses Land, die USA flüchten mussten, um dem Hungertod zu entrinnen. Dennoch starben Tausende von ihnen auf der rauen See im Schiff an Krankheit und Hunger. Meinen inneren Frieden finde ich dank Musik.

Was Daniel Barenboim mit seinen Händen auf dem Flügel, in Begleitung des Boston Symphony Orchestras, an Klängen schaffte, klingt nach in mir. Ich war sechs tausend Kilometer westwärts geflogen mit der Swiss, über den Atlantik, um Jonas, meinen liebsten Sohn zu besuchen. Seine kurze Präsenz war voller Hingabe und Aufmerksamkeit: Eine Ticketreservation für ein Konzert mit Daniel Barenboim in der Symphony Hall, ein Nachtessen im Mexikanischen Restaurant, eine Führung durchs Universitätsgelände der altehrwürdigen Brown University in Providence, seiner momentanen Heimat. Für mich ist die Heimat bei Menschen, die ich liebe, die mich lieben, also jetzt auch hier in Providence.

Meine Freundin und Reisebegleiterin Klara sehnt sich nach ihren Musikfreunden in der Schweiz. Dort hat sie ihre Wurzeln. Ich hingegen habe Luftwurzeln wie die Orchideen. Hier ist die Luft, die mich nährt, in der Nähe meines Sohnes.

Wie im Traum gehen die Tage in Boston und Providence vorbei. Mein lieber Sohn verabschiedet sich erst, nachdem er fürsorglich ein Butterbrot für Mamas Heimweg im Zug Richtung Boston gestrichen hat und dazu ein Fläschchen Fruchtsaft aus dem gefährlichen Automaten rausgeholt hat. Es wurde vom obersten Regal ausgespuckt und runter katapultiert mit einem lauten Knall, der auch Jonas erschreckte.

Vor der Landung mit der Swiss in meinem Land hüllt mich ein eigenartiges Gefühl ein. Nebel liegt über der Schweiz, wie eine warme Schafwolldecke mit Löchern, durch die mich Dörfer grüssen, Felder in x-beliebigen Rechteckformen, kleine Seen, die aussehen wie Fischteiche aus unserer Flugsicht. Häuser liegen wie Spielzeug ordentlich verstreut nebeneinander, zwei parallele Flüsse schlängeln sich durch die Landschaft. Oder handelt es sich um einen Fluss mit paralleler Strasse? Welcher Fluss ist es in meiner alten Heimat, in die ich zurückkehren muss, die Reuss, die Limmat, der Rhein oder die Rhone?

Gespenster gibt es nicht – oder doch?

Im Tessin kam es in einer Ferienwoche zu einer Begegnung der besonderen Art. Es war einmal, nein es war zweimal, dass sie mir folgten auf dem dunklen Pfad vom Rustico Mondei hinunter ins Dorf Vigera. Sie gingen nicht hörbar auf Füssen, aber sie schnauften, schnaubten, etwas entfernt hinter meinem Rücken. Umzudrehen wagte ich mich nicht – wie sahen sie denn aus ohne Füsse? Wie Fledermäuse wohl nicht; wie Vampire, die vom Boden abheben können, vielleicht. Wie viele waren es denn? Waren sie männlicher oder weiblicher Natur? Ich wurde jedenfalls verfolgt von Wesen, die ich nicht identifizieren konnte. Immer lauter wurde das Schnaufen und Schnauben – oder hörte ich am Ende nur meinen eigenen Atem im Laufen, gejagt von Gespenstern, die man angeblich nicht sehen kann?

Plötzlich hielt ich inne, blieb stehen, um festzustellen, ob das Schnaufen von meinem Atem kam. Wie ich es wagte, stehen zu bleiben, weiss ich heute nicht mehr. Doch was ich in jenem Augenblick des Verschnaufens hörte, kann ich kaum beschreiben. Ein Wimmern und Winseln und eine leise Stimme bettelte: «Nimm mich mit!» Ich drehte mich um und – für eine Sekunde blickten mich vier grüne Augen an. Dann rannte ich wieder los, bis ich schwindlig vor Atemnot bei den Häusern, Scheunen des Dörfchens Vigera ankam. Wieder im Bereich menschlicher Wesen angekommen, fühlte ich mich gerettet – doch umzudrehen wagte ich mich nicht mehr.

Das war mein Fehler. Denn in der kommenden Nacht auf dem Heimweg vom Singworkshop wiederholte sich dasselbe Gruselspiel, mit einem einzigen Unterschied. Als ich das wimmernde Wesen hörte, wie es mich anflehte

«Nimm mich mit!», drehte ich mich nicht mehr um, sondern ich schrie: «Nein, Nein!» Aus dem Wald kam das Echo: «Neiiiiin!»

Was dann geschah? Ich weiss es nicht mehr. Später erwachte ich im Bett, im Haus der Gastgeberin Vreni. Über mich gebeugt, fragte sie mich besorgt: «Hast du einen bösen Traum gehabt, Annette? Willst du ihn erzählen, oder soll ich dir einen Tee bringen?», «Nein, nicht erzählen!», kam über meine Lippen.

Ich wollte meine Begegnung mit den jungen Gespenstern am Vortag nicht verleugnen und als Albtraum deklarieren, quasi degradieren zu einem Traumereignis, da es sich um ein Erlebnis bei vollem Bewusstsein gehandelt hatte. Doch erzählen konnte ich die Begebenheit auch nicht, denn geglaubt hätte sie keiner der Sänger in der Gruppe. Ich wäre als Spinnerin mit zu viel Fantasie angesehen worden. Also blieb die Geschichte in meinem Tagebuch. Aber euch, meine lieben Leser, kann ich sie anvertrauen. Vergessen kann ich die bittende Stimme des vieräugigen Gespenstes nie mehr – oder vielleicht waren es zwei unschuldige zweiäugige Gespenstlein, die sich verirrt hatten, oberhalb Faido und nur zu ihrer Gespenstermutter nach Hause wollten. Gespenster gibt es nicht – oder doch?

Die ersten Spukgeschichten hatte mir meine Grossmutter erzählt. Sie wurde als Jugendliche von einem Geisterwesen bestraft, weil sie lachend ausgerufen hatte: «Im Heuschober gibt es keine armen Seelen!», und dabei die Leiter hochstieg, aber fluchtartig mit Schaudern wieder hinunterkletterte, gezeichnet von einem Herpes auf den Lippen – die Strafe des lebenden Gespenstes, einer sogenannten «armen Seele» eines Verstorbenen, der nicht zur Ruhe kam.

Kein geringerer Schriftsteller als Grillparzer widmete einem seiner Werke, der «Ahnfrau», das Thema der unerlösten Seele einer Verstorbenen.

Mit den Gespenstern ist es ähnlich wie mit den Astrologischen Prophezeiungen; jedermann liest sie gern, auch wenn aufgeklärte Geister, Menschen, das Lächeln nicht unterdrücken können, wie der Astrophysiker Ben Moore. Er hat sich von seiner eigenen Fabuliersucht zur Kreation eines ganzen Buches namens «Elefanten im All» hinreissen lassen.

Was er zu meinem Sternzeichen, dem Steinbock, prophezeite, möchte ich meiner Gespenstergeschichte als i-Pünktchen aufsetzen:

«Wussten Sie, dass wenn die Sonne im Dezember in Ihrem Sternzeichen steht, die Erde in Tat und Wahrheit fünf Millionen Kilometer näher an der Sonne ist als im August? Warum nur ist Ihre Zukunft dann nicht erfüllt von strahlendem Sonnenschein und Strandpartys? Nun, das hat wohl damit zu tun, dass die Positionen der Sterne und Planeten uns rein gar nichts über unser persönliches Schicksal oder unsere Zukunft sagen können. Schon die alten Griechen wussten das und schafften die Astrologie ab, zugunsten des Würfelspiels.»

Anstelle des Würfelspiels ziehe ich die Kunst des Fabulierens vor.

Der Tag an dem mein rechtes Bein luxierte

«Au, au, auuuu!», niemand hörte meine Schreie – ich bin gestürzt im Garten beim Hundekot-Einsammeln. Das rechte Bein klickte plötzlich aus, ich fiel hin, das Bein blieb wie eingerastet in der Position vom Stehen – jetzt senkrecht in die Höhe gestreckt in meiner Rückenlage auf dem Gartenkies. Der Schmerz stoppte nicht, ich versuchte das schwere Bein auf dem linken aufgestellten Bein abzustützen, umsonst, also hielt ich es mit der einen Hand während ich mit der andern verzweifelt das Handy aus der Jackentasche holte. Wie in Trance fand ich den Namen meiner Nachbarn. Erst jetzt hörten sie mich, Donald und Bea, obwohl sie hinter meinem Gartenzaun meine Schreie hätten hören müssen. «I'm coming!»

Bea, ein Bote des Himmels kam zu Hilfe in meinen Höllenqualen und blieb neben mir, kniend, sie hielt mein luxiertes Bein fest in den Händen. Ihr Mann, Donald, noch im Pyjama, telefonierte der Ambulanz – die lange auf sich warten liess und dann an meinem Haus vorbeifuhr…

Dafür versuchte Bea meine Schmerzen zu lindern mit meinen stärksten Schmerztabletten Oxynorm. Doch das Gift für Ochsen wirkte nicht. Nach langer Zeit – Schmerzen kennen nur Minuten in Stundenlänge – erschienen zwei Männer der Ambulanz. Für mich hatte es viel zu lange gedauert, bis der Arzt die ersehnte Schmerzspritze injizierte, weshalb ich ihn ungeduldig fragte: «Dauert es noch lange bis die Spritze bereit ist?» «Ich bin dran.», gab er seelenruhig zur Antwort und stellte immer wieder dieselben Fragen:

«Wie schwer sind sie? Was haben sie vor dem Sturz gemacht?»

Damit testete er wohl meinen Bewusstseinszustand. Mein letztes Bild war: Donald hielt die Transfusionsflasche hoch, er war immer noch im Pyjama. Eigenartig, dass ich so etwas Nebensächliches in existentieller Not noch wahrnahm! Die Notlage liess ihm nicht einmal Zeit zum Ankleiden. Dann sah ich nichts mehr, hörte auch lange nichts mehr.

Später teilte mir die Nachbarin mit, die Nothelfer hätten mein luxiertes Bein zuerst herunterdrücken müssen, bevor sie mich auf die Bahre legen konnten. Bei dieser schmerzhaften Prozedur hätte ich geschrien. Doch daran konnte ich mich nicht erinnern, das Schmerzmittel hatte mich vorher betäubt.

Im Ambulanzwagen sah ich nichts, doch ich konnte reden, um mehr Schmerzmittel bitten. Kommentar zur holperigen Fahrt ins Spital hätte ich auch gegeben. Im Spital hörte ich die Fragen des Arztes, aber ich sah nur kurz eine verschwommene Figur. Der Ambulanzarzt nahm meine Hand zum Abschied, und ich war noch in der Lage zu fragen: «Haben Sie mich gerettet?», «Ja!» – «Danke».

Dann erwachte ich in einem Spitalbett. Das Bein war wieder eingekugelt. Aus Sicherheitsgründen hatten sie mir das ganze Bein in eine Schiene aus sportlichem Material geschnallt. Das Pflegepersonal war herzlich.

Zweiter Tag. Der Chirurg, dem ich die künstliche Hüfte verdankte, die genau elf Monate funktionierte, dann luxierte beim normalen Bücken, dieser Orthopädische Arzt erschien nicht. Hatte er ein schlechtes Gewissen?

An seiner Stelle besuchte mich eine tiefgekühlte Assistenzärztin, deren Gespräch mit mir sich auf einen Satz beschränkte: «Sie können heute nach Hause gehen.» Meine Fragen hörte sie stumm an, so als wären sie nicht relevant.

Wir haben das Jahr 2016, heute erwarten Patienten Aufklärung über Operationen und deren Folgen. Als ich sie bat, den für mich zuständigen Orthopäden zu schicken, meinte sie, der sei am Operieren. Ich hätte Zeit, auf ihn zu warten, veranlasste sie, ihren Satz zu wiederholen, gleichsam als Amen des Gesprächs. Dass eine Patientin, deren Hüfte unter qualvollen Schmerzen luxierte, kein Roboter ist, der tatsächlich wieder funktioniert, wenn sein Hüftgelenk wieder eingerastet ist, erklärte ich dem anwesenden Pfleger. «Wir werfen sie nicht einfach raus!», meinte er als sozial kompetenter Betreuer von Patienten.

Er veranlasste auch den Besuch einer Physiotherapeutin bei mir, damit sie mir Anweisungen gab, wie ich mich bücken könne ohne Risiko einer weiteren Hüftluxation. Der Pfleger veranlasste den Operateur des luxierten Hüftgelenkes, Herrn Dr. Müller, mich zu besuchen in meinem Zimmer. «Was haben Sie gemacht, dass die Hüfte luxierte?», fragte mich der Chirurg vorwurfsvoll, mit der suggestiven Unterstellung, ich sei schuld an der Luxation. Auf meine Antwort «Ich habe wie immer den Hundekot zusammengelesen im Bücken.», meinte er: «Sie sind selber schuld, sie dürfen sich nur in der Hocke auf den Boden beugen!» Meine Erklärung, mit einer Knieprothese könne ich mich nicht mehr hinkauern, überhörte er. Seine Mitschuld gestand er unbewusst mit dem Kommentar: «Wenn die Hüfte wieder luxiert, kann ich ihnen eine kleinere Hüftpfanne einoperieren.»

Nein danke, dachte ich, schockiert über die Unverfrorenheit, mit der dieser Orthopädische Arzt mit mir, einer Patientin redete, die Höllenqualen wegen der Luxation erlebt hatte. Im Operationsbericht der Hüfte, die nach elf Monaten luxierte, war meinem Sohn die Zeitdauer der Operation aufgefallen: Für die ganze Operation eines gebrochenen

Oberschenkelhalses und das Ersetzen der Originalhüfte hatte dieser Orthopädische Chirurg fünfunddreissig Minuten investiert...

Hüftrevision in der Universitätsklinik Bern

Im Inselspital sitze ich nach der ersten Nacht benommen von der Schlaftablette auf dem Bettrand, bereit, abgeholt zu werden, nicht für eine Schiffsreise nach Holland, sondern für eine Hüftrevisionsoperation, die entscheidend ist für das sichere Gehen und Bücken, ohne Risiko einer erneuten Hüftluxation. Dies bedeutet nichts weniger als erneut den Oberschenkelmuskel fünfzehn Zentimeter aufschneiden, die erste künstliche Hüftpfanne entfernen zugunsten einer neuen, passenderen und wenn nötig, den Schaft im Oberschenkelknochen neu setzen…

Erster Tag nach der Operation. Übelkeit und Schläfrigkeit sind die Begleiter des heutigen Tages. Es gibt zwei Lichtblicke: Der operierende Professor Herr Dr. Graf ist zufrieden mit der komplizierten Hüftrevision. Der Physiotherapeut erinnert sich nach acht Monaten an mein Gesicht. Damals zeigte er mir nach der Operation der Spinatus-, der Supraspinatus- und der Bizepssehne, wie ich den Arm bewegen sollte. Heute hat er Regie bei einer weit schwierigeren Körperbalance.

Zweiter Tag im Spital. Eine einfühlende junge Ärztin reduziert die Tablettendosis, damit ich wieder Bücher lesen kann. Eine junge Pflegefachfrau aus der Romandie, von Fribourg, erweitert meinen Wortschatz mit medizinischen Fachausdrücken. Der Verband heisst «le pansement», der Schlauch ist in Fribourg «la tubulure». «Faire la toilette intime» bedeutet: Bitte bringen Sie mir den Topf!

Jetzt werde ich, nein bin ich, alt wie eine Greisin! Nur mit Hilfe von zwei Menschen komme ich auf meine Beine.

Dann muss ich lernen, mit Rücklage vom Matratzenrand aus dem Bett zu steigen, die Beine ungleich zu belasten, das Gehböckli zu ergreifen, ein Hilfsinstrument dem Rollator ähnlich, ohne Räder. Deshalb muss ich, die gehbehinderte Patientin, das Gleichgewicht spendende Stützgerät auf vier Beinen bei jedem Schritt ab dem Boden heben. Der junge Physiotherapeut erinnert mich mit seinen blauen Augen und seiner kleinen Statur an André, meinen einstigen Klavierlehrer. Nur bringt mir der Physiotherapeut keine Klaviernoten, sondern einen bequemen WC-Aufsatz.

Mein Bruder, Professor der Nephrologie im Inselspital, erscheint just in dem Augenblick, in dem ich frustriert und unter Schmerzen nach fünf Tagen Obstipation auf dem WC-Stuhl sitze. Er ist an solche Anblicke gewohnt, mir ist es peinlich. Doch sein Geschenk, ein humorvolles Buch von Pedro Lenz «Der Gondoliere der Berge», und sein Lachen sind Balsam in der schwierigen Situation.

Realität inspiriert Fantasie

Die junge, hübsche Pflegefachfrau, deren grosse dunklen Augen mich so oft fragend anblickten, stürzte in meinem Spitalzimmer, just am Fussende meines Bettes. Das Geräusch eines aufschlagenden Gegenstandes auf dem Boden verriet nur wenig. Dann aber hörte ich ein Rascheln, irgendwelche Papiere musste sie einsammeln. Aus der Zeitdauer, die sie am Boden verbrachte, konnte ich schliessen, dass es sich um zahlreiche kleine Papierchen handeln musste. Als faulenzende Patientin hatte ich Zeit, zu überlegen: Was ums Himmelswillen sammelt die dunkelhaarige Schönheit auf allen Vieren am Fussende meines Bettes am Boden ein? Zuckerbeutel, Salzbeutel?

Meine Fantasie arbeitete auf Hochtouren im Zeitraffer. Sie sollte recht bekommen: Eine offene kleine Dose mit Zucker- und Salzbeuteln stellte die sich erhebende Pflegefachfrau auf den Tisch.

Meine Fantasie arbeitete weiter: Notfall im Spitalzimmer! Meine kühle Bettnachbarin, immer in Schwarz gekleidet, macht sich sehr geräuschvoll, wie immer, auf den Weg zur Toilette. Sie schleppt den Infusionsständer hinter sich her wie einen widerspenstigen Esel. Die Zuckerbeutel der Pflegefachfrau liegen aufgerissen auf dem Boden. Diesen mit Wasser aufgelösten Zucker, zu einem sirupartigen Brei mutiert, übersieht die Bettnachbarin und stürzt.

Sie bleibt laut schreiend vor Schmerz am Boden liegen. Den roten Knopf auf meinem TV-Telefon-Set kann ich trotz Schrecken drücken. Doch es kommt lange keine Hilfe vom Pflegepersonal. Das Schreien der Schulterpatientin mobilisiert meinen Helferinstinkt. Dass dies zu meinem Verhängnis werden könnte, angesichts meiner eintägigen Geherfahrung nach einer zweiten Operation der Hüftprothese, bedenke ich nicht. Der aufgelöste Zucker am Boden bringt auch mich zu Fall – wie die süssen Tröpfchen auf einer fleischfressenden Pflanze jedes Insekt ins Schleudern bringen.

«Auaa, aua!», schreit mein Mund, von der operierten Hüfte beauftragt. Diese ist nun nicht mehr im neu revidierten Zustand, sondern abermals luxiert. Die Schrauben der zweiten Hüftpfanne sitzen nicht mehr fest im Beckenknochen, sie haben sich gelockert oder schon das Weite gesucht.

«Was ist denn hier los?», brüllt eine Pflegefachfrau im Tonfall einer Polizistin.

«Zucker, Zucker…», stottert die Pflegehilfsfrau, die den Zucker unfreiwillig verstreut hat.

«My god, what a disaster!», ruft ein Zuschauer in der geöffneten Türe.

«Die Ambulanz, schnell!», schreit jemand, der in Panik vergessen hat, dass der Doppelunfall sich nicht auf der Strasse, sondern an dem Ort ereignet hat, wo die grösste Anzahl von operierenden Ärzten auf kleinstem Raum einsatzbereit ist.

Art-Rose oder Arthrose

Es war in einer Narkose,
da überfiel mich die Arthrose.
Jetzt habe ich diese Chose,
da hilft keine Sosse.
Diese Krankheit, eine endlose,
macht mich humorlose.
Die Gelenke sind nun lose,
mich retten auch keine Lose,
vielleicht eine Rose,
eine makellose,
doch nicht eine Art-Rose.

Rehaklinik Schinznach Again

In der Rehaklinik werde ich angeleitet, mich vom Gehböckli selber in einen Rollstuhl zu setzen – ein neues, nicht erhebendes, Lebensgefühl ergibt sich aus dieser Perspektive der Welt.

Eine «befreiende» Nebenerscheinung, der wiederholte Muskelkrampf im Oberschenkel, veranlasst den Physiotherapeuten, die Option Rollstuhl zu streichen, zugunsten eines Fahrgestells auf Rädern, mit dem ich in aufrechtem Gang durch die Gänge der Rehaklinik marschieren kann. Was für ein neues, hoffnungsvolles Lebensgefühl! Die nächsten Gehhilfen sind die Gehstöcke, die mir eine gewisse Autonomie zurückgeben.

Doch damals ahnte ich nicht, dass der fünfzehn Zentimeter lange Muskelschnitt des Orthopädie Professors für die Hüftrevision, d.h. für ein zweites Hüftimplantat der massiven Sorte mit Schrauben und Haken, selbst nach einem Jahr, nur Spaziergänge am Gehstock erlauben würde! Ein siebzigjähriger Oberschenkelmuskel erholt sich nicht so schnell von solchen Torturen des Gewebes. Die Gangart bleibt vorerst nicht besser als die eines Pinguins, der allerdings ein hervorragender Schwimmer ist im Gegensatz zu mir.

In Augenblicken der Resignation denke ich an eine Beschwerde gegen jenen Chirurgen, der vier kleine Fehler bei der ersten Hüftimplantation beging, laut Aussage des erfahrenen Professors für Hüftchirurgie. Schmerzensgeld und eine Abfindungssumme für die Selbstkosten der zweiten Operation wäre angemessen seitens des schuldigen Orthopäden, der innerhalb von fünfunddreissig Minuten, quasi in einer Blitzoperation der Hüfte – ich war nicht in einem

Kriegslazarett – eine Luxation nach elf Monaten, eine zweite Operation und massive Gehbeschwerden verursachte. Doch der Patient kämpft bekanntlich meist umsonst gegen Goliath, den Arzt.

Beethoven

Beethoven vertreibt Einbrecher

In der Tropennacht vom 27. auf den 28. Juli – nach dem heissesten aller Tage im vergangenen Dezennium – ist Beethoven der rettende Engel, ausgesendet von Radio Swiss Classic. Er vertreibt, kurz vor Mitternacht, meine Ängste vor Einbrechern, denen die mediterrane Temperatur alle Fenster geöffnet hat.

Mit seinen drohenden Akkorden im vierten Satz der Pastorale Symphonie in F-Dur verscheucht Beethoven alle Menschen mit diebischen Absichten. Im Hirtengesang des fünften Satzes verzaubern die Wiener Philharmoniker mit Claudio Abbado die schwüle, schlaflose Nacht in Klänge einer friedlichen, kühlen Bergwelt.

Pensionierte Hobby-Pianistin

Wie sieht ein grauer, wolkenverhangener Montag einer pensionierten Hobbypianistin aus, wenn das Feuerwerk von Radio Swiss Classic ihr Ohr erreicht?

Sonnig, festlich, dank der brillanten Interpretation des Pianisten Wong in Beethovens Waldsteinsonate. Durch diese Klänge wird die einsame Mittagsmahlzeit zu einem Festessen, was der Tropfen Rotwein von Navarra, Don Julio, nicht schaffen würde.

Die Bläser, die ihr Forte im Finale des Scherzo Capriccioso von Dvorak zum Höhepunkt blasen, geben meinem Single Leben die notwendige Dynamik.

Oboe D'Amore

Im Andante von Albinoni inspirierte mich die Oboe d'Amore zu folgenden Gedanken:

Wie schafft es der Oboist, immer dann verliebt zu sein, wenn er seine Oboe d'Amore spielt? Darf er auch traurig sein, wenn er auf ihr spielt? Hauptsache ist, dass er sie liebt wie eine Geliebte, wie eine Partnerin, der er vor allen andern treu bleibt.

Ich besitze leider kein Piano d'Amore, obwohl ich mein Klavier liebe und darauf meine Gefühle in Klängen ausdrücke, die von moderato, andante grazioso bis appassionato, über molto vivace, con brio, ma non troppo bis allegro agitato oder allegro con anima reichen.

Woher dieses Blasinstrument den schönsten aller Namen bekam, Oboe d'Amore, verriet mir Wikipedia. Die Bezeichnung «d'Amore» ist ein Überbleibsel aus der Renaissance, in der auch andere Instrumente (Viola d'Amore) diesen Beinamen aufgrund ihres warmen und lieblichen Klanges erhalten haben. Sie ist in a gestimmt, also eine kleine Terz tiefer als die Oboe. Ihr Aufbau ist ähnlich der Oboe, das Instrument ist jedoch mit einer Gesamtlänge von 72cm um 7cm länger. Die Tonfarbe ist insgesamt weicher als die der Oboe, speziell im tiefen Register. Das Fussstück bezeichnet man als «Liebesfuss». Solistisch wurde die Oboe d'Amore hauptsächlich im Barock eingesetzt; Werke von Georg Philipp Telemann, die Konzerte in G-Dur und A-Dur für Oboe d'Amore. Johann Sebastian Bach (Magnificat, h-Moll-Messe, Weihnachtsoratorium, Konzert A-Dur, D-Dur für Oboe d'Amore) seien hier hervorgehoben.

Musik im Altersheim

Ich spielte fünfzehn Minuten lang Klavier in einem Altersheim, quasi als Probelauf für einen geplanten Freitagabend, ein «Fyrabig-Bänkli», für die Bewohner/-innen.

Die Aktivierungsleiterin war so begeistert von meinem Mendelssohn, meinem Bach am Klavier, dass sie für die verbleibenden fünfzehn Minuten ein paar Bewohner in Rollstühlen und am Rollator holen liess, als Zuhörerschaft. Mir wird erst jetzt bewusst, dass die Bewohner auf Rädern schneller zur Stelle sind als jene auf lebensmüden Beinen, Füssen.

Der Applaus beschwingte mich in Bachs Gavotte aus der Französischen Suite V. Doch ein Senior war offenbar nicht ganz zufrieden mit meiner Interpretation, er fragte: «Weshalb drücken Sie nur ein Pedal herunter, es hat ja zwei?»

Auf diese unerwartete Frage konnte ich die ehrliche Antwort in jenem Augenblick gar nicht geben, nämlich: «Ich spiele lieber forte als piano!»

Seine Gedanken konnte ich nicht lesen. Vielleicht dachte er: «Wenn ich schon schwerhörig bin, will ich dennoch etwas vom Klavierspiel haben, also beobachte ich die Füsse der Pianistin.

Eine Seniorin kommentierte weise lächelnd: «Das war jetzt nicht ganz Bach!» – «Nein, das war Mendelssohn.»

An besagtem Fyrabig-Bänkli, einer gemütlichen Runde der alten Leute in der Seniorenresidenz, die Erdbeerbowle fehlte nicht, löste mein klassisches Klavierspiel jedoch keine Begeisterung aus. Eine Frau bat mich zweimal, doch etwas leiser zu spielen, ihre Nachbarin hätte Kopfweh. Nach kurzer Zeit des Klavierspiels wurde ich unterbrochen, von einem stämmigen Mann mit sonorer Stimme: «Ich erzähle euch jetzt einen Witz.» Er erzählte deren mehrere hintereinander. Ich verstand die Situation, die der Aktivierungsleiterin zusehends der Kontrolle entglitt. Plötzlich fing der Alphatyp in der Seniorenrunde ein Lied anzustimmen, die ganze Runde sang aus voller Kehle mit. Ich bekam das Singbuch, von der Aktivierungsfachfrau ausgehändigt, mit der Bitte, die fröhliche, singende Seniorengruppe auf dem Klavier zu begleiten.

Dies wird auch bei der nächsten Freitagabendrunde meine Aufgabe sein, mein freiwilliger Beitrag im sozialen Bereich. Auch bei Hobbymusikerinnen ist Flexibilität gefragt, wie bei Aktivierungstherapeutinnen. Nicht alle alten Leute sind klassischer Musik abgeneigt. In zwei andern Altersheimen waren Mendelssohn, Chopin, Beethoven, Bach durchaus willkommen.

Viniterra – Erdes des Weins,
Vocisterra – Klanglandschaft

Halbgefüllte Gläser voll Wasser warteten darauf, von Menschenhänden, auch von Kinderhänden, zum Klingen gebracht zu werden. Die Sphärenmusik setzte ein, nachdem die Kirchturmuhr acht geschlagen hatte. Der sirrende Klang hallte lange in meinen Ohren, als ich vor mir, in kilometerweiter Entfernung, eine Menschenschlange den Berg hoch marschieren sah, gesäumt von flackernden Lichtern.

Ich war eine einzelne Ameise unter Tausenden, die sich weiterbewegte durch den Rebberg, Richtung Twann, der nächsten Klangwelt entgegen. Es waren zwei Menschenströme, eine von Norden von Tüscherz kommend, die andere vom südlichen Ligerz, die sich aneinander vorbeischoben wie zwei Lavaströme. Aus Nischen der hohen Rebstöcke, hoch über unserem Weg und unterhalb desselben hörten wir Trompeten- und Posaunenklänge im Zwiegespräch miteinander.

Es gab Augenblicke, in denen mich das Kafkaeske Gefühl beschlich, meine Beine wären ein Teil der Beine eines überdimensionierten Tausendfüsslers.

Aus Gesprächsbruchstücken vernahm ich Stimmen, die von einem Pilgerstrom redeten; mir fiel der Jakobsweg ein. Dies war kein religiös begründeter Marsch. Doch ich spürte ein Gemeinschaftsgefühl, ein Geborgensein im Gehen, Seite an Seite, vor und hinter mir Tausende von Frauen, Männern, Kindern. Blitzgedanken an Flüchtlingsströme verscheuchte ich, denn wir waren gut genährte, fröhliche, privilegierte Menschen, die sich freiwillig auf einen Klangweg gemacht hatten, und dies in einer paradiesischen Landschaft, in einer warmen Augustnacht, unter einem wolkenlosen Sternenhimmel; über dem Bielersee wachte der Mond. Schiffe, an der Petersinsel vorbei, in beiden Richtungen versprachen uns eine Rückfahrt als Belohnung.

Nie zuvor erlebte ich eine anonyme Menschenmenge, aus Freunden, Familien und Einzelgängern bestehend, so friedlich und zufrieden. Die Atmosphäre glich nicht jener menschlichen Anonymität, die im Supermarkt konsumiert. Kulturgenuss rückt die Menschen eher zusammen in einem urmenschlichen Bedürfnis nach Schönheit.

Die archaischen Schlote, hoch über Wingreis, brummten wie erwachte uralte Berggeister. Für aufgeklärte Leute, die nichts übrig haben für Magie, waren es extrem tiefe Basstöne aus Stahlrohren, die den Basso Continuo spielten, eine einmalige Klanginstallation.

Das Klangevent war ein Getragenwerden von Klängen in einer gesunden, wunderschönen Landschaft und verwandelte sich in ein Getragenwerden von Menschen mit demselben Ziel einer seltenen Sinnesfreude, die nicht an der Oberfläche des Alltags hängen bleibt, sondern in tiefer Erinnerung bleibt.

Die Spritze der Erlösung

Sie hat Alzheimer – oder sie ist völlig erblindet. Sie läuft im Kreis herum und stösst dabei mit dem Kopf gegen die Wände, ruhelos einen Rastplatz suchend. Ich konnte den Gedanken nicht verscheuchen: Werde ich in hohem Alter meine Orientierung im Raum auch verlieren? Ich tröstete mich mit dem zweiten Gedanken: Die Forschung zur Krankheit Alzheimer läuft auf Hochtouren.

Länger kann ich dieses irre Spiel nicht mitansehen, wie meine zwanzigjährige Katze verzweifelt die Orientierung in einem Wohnzimmer sucht, in dem sie zwanzig lange Jahre ihres Lebens jede Ecke, jedes Möbelstück gekannt hat, zum Teil wiedererkannt an ihrer Markierungsduftmarke. Ihre Schritte sind denen einer Greisin im Pflegeheim vergleichbar.

Sachte, abtastend setzt sie ihre Pfötchen auf, um nicht dauernd den Kopf gegen Wände und Stuhlbeine zu prellen. Die einzige Orientierung im Raum gelingt ihr nur noch dank ihrem Geruchssinn.

Erst jetzt bringe ich Verständnis auf für ihr Fehlverhalten beim Katzenklo, das sie nicht mehr richtig bedienen konnte, so dass ich anstelle eines feuchten Sandes immer eine stinkende Lache unter dem Sandkistchen vorfand. Etwas zur Ruhe gekommen, betrachte ich mit Wehmut ihre vertraute Sitzstellung, die zwei Vorderpfötchen aufgestellt, den Rücken schräg nach oben dehnend, die beiden Hinterpfoten versteckt unter Fell und Schwanz.

Ihr vertrautes Dasitzen, Dasein in der Stube wird mir heute nach drei Uhr nachmittags fehlen, mehr noch, mein Gewissen quälen. Ich werde sie dem Henker ausliefern, aus Erbarmen zwar, aber dennoch ausliefern. Ausgerechnet der

Tierarzt, bei dem die Katzen die beste Lobby haben, ist Todesvollstrecker und wird die Gnadenspritze, aber eben eine Todesspritze ins warme Fell dieses Tieres zielen. Sie kann nicht mitbestimmen, diese Kreatur irdischen Lebens.

Mir ist jetzt, kurz vor dem Gang zum Tierarzt, mulmig zumute, so als müssten wir beide uns einer risikoreichen Operation unterziehen; kein neues Angstgefühl für mich nach einigen Operationen im Spital. Das Büsi schiebe ich in den Katzenkoffer mit derselben inneren Gefasstheit, eher einem Pflichtbewusstsein, mit ähnlichem Gefühl, mit dem ich jeweils meinen Koffer packte vor einer Operation.

Auf der Fahrt im Auto miaut Miezi, ob aus Unbehagen als Gefangene im Koffer oder aus einem animalischen Instinkt heraus, vorahnend, was ihr bevorsteht – der Tod.

Der Tierarzt stellt die Diagnose: «Ihr Miezi ist völlig erblindet. Das ist kein würdiges Katzenleben mehr. Wir müssen sie erlösen. Wollen Sie Ihre Katze halten?», fragt der erfahrene Arzt der Vierbeiner, während er mich mit einem Blick prüfend anschaut. Meine Antwort braucht er nicht abzuwarten, meine Bewegung zur Türe interpretiert er richtig.

Am nächsten Morgen steht Miezi nicht mehr vor der Stubentür, miauend, das Frühstück einfordernd. Was ich oft als morgendliche Belästigung erlebt habe, vermisse ich nun. Darin liegt wohl das Gemeinsame in der Gesellschaft einer lebenden Kreatur, ob Tier oder Mensch. Wir können nur mit ungeliebten Begleiterscheinungen zusammenleben. Die andere Lösung ist die totale Trennung, der Abschied. Er kommt immer zu früh, der Verlust eines nahestehenden Lebewesens.

Sehr kurze Geschichten

Physiotherapie-Gespräche

«Wieviel soll ich ausziehen?», ruft eine Patientin ihrem Therapeuten nach, während sie sich im Flur auf den Weg zu einem zugewiesenen Therapiezimmer macht. Hinter dieser Frage mögen sich Wunschfantasien oder Naivität verbergen. Wie auch immer. Mit dieser Frage kann sie einen Mann ganz schön in Verlegenheit bringen; möglicherweise auch einen Mann, der berufshalber Muskeln und Gelenke massiert, dehnt, knetet und streichelt.

Was würde die grosszügige Patientin wohl antworten und tun, wenn der Physiotherapeut sie beim Wort nähme und ihr die Antwort gäbe: «Alles – oder so viel sie wollen!»

Dialekte gibt's nicht nur in der Schweiz

T: Guten Tach, hier ist Firma Schulze. Sie haben letzte Woche gesacht, ich könne wieder anrufen.

A: Was wollen Sie denn verkaufen?

T: Bla, blubla, blom…

A: Ich verstehe kein Wort. Was verkaufen Sie?

T: Sie wissen doch, was ein Foalöscha is?

A: Sie müssen nicht *vorher* löschen, erst wenn's brennt!

T: Ich hab nich gesacht «Foalöscha».

A: Doch sie sagten «Foalöscha»!

T: Also, ich wünsch Ihnen einen schönen Tach, tschüs.

Der Wurm im Dezember

Er bewegt sich wie ein Wurm unter der Haut meines rechten Unterarmes. Wie ist er nur dahinein gelangt? Die Haut pulsiert, und dies ohne meinen eigenen Willen, ohne meinen ausdrücklichen Auftrag, sich zu bewegen, mitten in der Nacht. Etwas mulmig ist mir zumute. Da gibt es etwas Lebendiges in mir, das sich meiner Kontrolle entzieht. «Du kannst froh sein, Annette», sagt eine innere Stimme, «du kannst froh sein, dass dein Puls in der Schlagader dank deiner Herzpumpe unabhängig von deinem so hoch geschätzten freien Willen arbeitet. Andernfalls würdest du im Schlaf jede Nacht sterben.»

Träume

Meine Träume sind zerronnen wie der Schnee auf dem Gartenhaus nach tagelangen tränenreichen Regentagen. Sie sind abgeprallt an der Scheibe der Realität, wie jene Vögel, die in der Fensterscheibe meiner Stube freien Durchgang sahen. Sie fielen tot an der Hauswand nieder – wie meine Träume.

Überlingen am Bodensee

Das Dorfkirchlein von Andelshofen oberhalb von Überlingen, genauer dessen Turmuhr schlägt neun Mal. Ich sitze allein – wie könnte es anders sein – an einem Frühstückstisch. Den Lachs habe ich gefangen, d.h. gegessen mit Lust. Durch die offene Terrassentür strömt frische Morgenluft, umrahmt von der Morgensonne, begleitet von menschlichem Geplauder.

Im Hotel Foyer hat die junge staubsaugende Frau einen echten Montag, im Gegensatz zu meinem Ferienmontag. Die «dame de réception» drückt einem jungen Burschen einen Staubwedel in die Hand. Sein Gesicht scheint nicht begeistert von der neuen Aufgabe. Er kann beim besten Willen keinen Staub sehen und verschwindet mit dem ungewohnten weiblichen Werkzeug. Gestern noch bediente mich dieser junge hübsche Mann mit Begeisterung und trug mein Gepäck auf mein Wohn-Schlaf-Zimmer in der Luisenhöhe. Auf meine Bemerkung «gut, dass wir nicht wie in Boston mit dem Lift auf das fünfzigste Stockwerk fahren», fragte er interessiert: «Sie waren in Boston?»

Allerdings bot mir auch das zweite Stockwerk etwas für meine Höhenangst: Ich musste vom Lift eine kleine, freischwebende Brücke passieren, sie führte über zwei gähnende, offene Stockwerke mit Aussicht auf die Hotel Lobby wie von einem kleineren Berg! Um nicht hinunterschauen zu müssen, stellte ich mich auf der Brücke ganz dicht an die Lifttüre, bis mich der Lift erlöste. In dessen Kabine war ich dazu verdammt, den Blick zu Boden zu senken, um das Gefühl des Schwebens zu vermeiden. Wie ich dieses Problem der Höhenangst auf einer Sesselbahn in den Bergen löse, fragst du? Dort muss ich vom Tal bis auf den Berg und umgekehrt dauernd singen.

Durch eine Glastür ruft mir ein Klavier Flügel zu: «Komm spiel auf mir!» Oh wie gern würd' ich dich zum Klingen bringen. Aber ohne die Bewilligung des Hauses – es ist ja nicht ein Haus der Musik wie in Ligerz. Dort spielte ich jeden Morgen zum Frühstück der singfreudigen Gäste.

Überlingen – Mainau – Überlingen

Eine Schifffahrt mit Gegacker wie im Hühnerhof, pardon. Wenn ein vollständiger Senioren Club an Bord ist, hilft nur noch Musik aus dem Kopfhörer.

Meine Fantasie arbeitet: Was wäre geschehen, wenn meine Handtasche vom Tisch zum Fisch hinuntergeglitten wäre bis auf den Grund des Bodensees? Alle meine Personalausweise, vom Führerschein bis zur EC-Karte der Aargauischen Kantonalbank, mein Kleingeld, wären im Magen der Felchen, der Forellen, der Barsche verschwunden, wenn auch nicht verdaut. Meine Lieblingsmusik mit Trompetenkonzerten auf dem MP3-Player würden die Felchen Mamas ihren Jungen als Gutenachtlieder abspielen – während ich als Schweizerin sans papiers mit leeren Händen beim Schweizer Konsulat die Adresse meines Sohnes Jonas bekanntgeben müsste, um mich so identifizieren zu lassen. Die einfachere Lösung, den Hotel Chauffeur des Johanniter Kreuz Romantik Hotels telefonisch beauftragen, funktioniert nicht. Es ist nämlich anzunehmen, dass kein Überlinger Einwohner mir das Telefonat ins Hotel gegönnt hätte, weil das Virus des Geizes, für den die Thurgauer sprichwörtlich, wenn nicht legendär, bekannt sind, längst von Kreuzlingen via Schiffspassagiere auf die Bewohner von Überlingen übertragen wurde.

Beobachtungen im Ristorante Incontro am Bodensee

Ein einjähriger süsser Knirps wickelt die Haare seiner Mama – und sie damit – um seinen kleinen Finger, während er wie gebannt auf ein kleines fünfjähriges Mädchen starrt, das lustvoll ein Eis löffelt und schleckt. Dass diese Sehnsuchtsblicke in diesem Alter eher dem Eis als dem Mädchen gelten, weiss derjenige, der Kinder kennt. Seine Mama ist mit dem iPhone beschäftigt, hält den Dreikäsehoch fest, küsst ihn ab und zu und beantwortet Grosis Fragen am gleichen Tisch, eine Multitask-Mama des einundzwanzigsten Jahrhunderts.

Als ich mit dem Schiff an den Pfahlbauten von Unterhuldingen am Bodensee vorbeifuhr, stellte ich mir vor, wie jene Mamas die Fischerrute befestigten, um inzwischen Hirsebrei zuzubereiten und den Kindern gleichzeitig zuschrien: «Aufpassen, der See ist tief!» – allerdings in der Pfahlbauer Sprache der Bronzezeit.

Der Zeppelin am Himmel über dem Bodensee grüsst zu Beethovens majestätischen Klängen des fünften Klavierkonzertes in meinen Ohren.

Überlingens Unterwelt

Grösser könnten die Unterschiede nicht sein. Eine saubere, von Blumenrabatten gesäumte Promenade am See lädt Feriengäste, Eintags-Ausflügler und Einheimische zum Flanieren ein. Zum oberirdischen Bahnhof von Überlingen gehört eine beinahe unterirdische Einsteige Plattform an der einzigen Bahnschiene in Überlingen. Sie liegt dreissig Meter tief, in einen Schacht eingezwängt, zwischen zwei hohen feuchten Mauern, dem schwarzen Tunnelloch gefährlich nahe. Die Sitzbank lädt nicht ein zum Warten, denn sie ist umringt von Unrat der überquellenden Abfallkörbe. Fluchtartig besteige ich wieder den Lift nach oben, weil mich das Gefühl des Eingekesselt-Seins und des Ausgeliefert-Seins beschleicht, wie in einer Falle, die ich mit einem einzigen kleinwüchsigen, komischen Kauz am Rollator teilen sollte, bis der Zug heranrollt. Da unten verbreitet sich eine Atmosphäre der Unterwelt, jene der süchtigen, kriminellen, kranken Typen.

Erst als mehrere Personen mit dem Lift in diesen Bahnhofschacht fahren, wage ich, mich ihnen anzuschliessen. Nichts wie weg von diesem Bahnhof! Schade, nach drei Tagen des Verwöhnt–Werdens, inklusive Massage, in einem Viersterne Hotel, das mir mein Sohn in seiner Grosszügigkeit gebucht hatte.

Abschied vom Thermalbad Baden

In der Muschelkalkschicht steigt es empor, das 80 Grad Celsius heisse Wasser, das dort etwa 30'000 bis 50'000 Jahre verweilt hatte, im altehrwürdigen Thermalbad mit den mineralreichsten Thermalquellen der Schweiz.

Muss es im Jahr 2011 abgerissen werden, um für immer aus den Augen der Badegäste zu verschwinden? Die Schwefeltherme mit einer Temperatur von 46,5 Grad Celsius, spendet ein Heilwasser, reich an Natrium-Calcium-Chlorid-Sulfat, Lithium, Fluor und Borsäure; diese Therme ist nicht versiegt.

Der Abschied vom alten Thermalbad fällt mir nicht leicht. Dessen Ermahnungen am Eingang zum Ruheraum erwecken Ehrfurcht; in Steinlettern auf Marmorfliesen an den Wänden steht geschrieben:

Wir bitten um Ruhe – Störende Badegäste müssen weggewiesen werden – Die Liegedauer ist auf maximal eine Stunde beschränkt

Moosbewachsene, von Efeu dekorierte Steine erzählen durch die Fensterscheibe des Ruheraumes vom Zahn der Zeit, der an diesem Heilbad nagt. Ein verwilderter Garten, uralte Akazienbäume grüssen vom Römerbad herüber, Erholung fürs Auge, das zu schliessen ich heute vergebens versuche. Gedanken jagen durch den Kopf in dem Raum, in dem ich Dutzende Male in einen Tiefschlaf abgetaucht war, nach einem Bad in der mineralreichsten Therme der Schweiz.

Eine Wehmut liegt heute in diesem Ruheraum, dessen weisse Marmorfliesen, von grauen durchsetzt, Zeugen Tausender Rheumageplagter Menschen sind, die hier Linderung ihrer Schmerzen fanden.

Der Abschied wurde draussen bereits von drei Kranriesen angekündigt. Diese technischen Monster aus Stahl dienen zwei Herren. Ein Spruchband, über die Eingangstreppe des Thermalbades gespannt, will die Badegäste willkommen heissen: Archäologie Aargau – Thermalbad offen.

Die Besucher, erschreckt durch die gähnenden Löcher in der Erde, entstanden durch die Ausgrabungen von Ruinen der badenden alten Römer, sollen von der Furcht befreit werden, die Archäologen könnten ihnen den Boden buchstäblich unter den Füssen wegziehen, während sie in der warmen Therme die Zeit vergessen.

Betonarmierungen für die Standfestigkeit des Krans grüssen mich heute durch die Gitterabschrankung im Westen des Aussenbades, dessen Liegestühle schon um halb drei nachmittags im Schatten gelangweilt herumstehen. Gleich drei Kranarme künden von einem Herbst dieses Bades. Gleichzeitig werden die Alten Römer wieder lebendig, und sie künden von einem Frühling, einem Neubau, geplant, kreiert von keinem geringeren Baukünstler als Mario Botta.

Der Zahn des Kalkes nagte an den Schrauben der Gummiringe, über die jede Nacht die Holzabdeckung des Aussenbades gerollt wird. Die Fliesen unter freiem Himmel haben Kalk angesetzt durch den Dampf des natürlich heissen Wassers. Die Fenster des Bades sind wie so oft die Augen von Menschen in hohem Alter blind geworden.

Noch sprudelt es, das Thermalwasser und entspannt meinen Körper mit blubbernden Wasserblasen und Schaumkronen. Über mir scheint die milde Septembersonne. Sichtbar wurde die entspannende Wirkung heute unter der Nachmittagssonne bei einem jungen badenden Mann. Sein Kopf, genauer seine Stirn, ruhte für die Siesta auf der

Bassin-Mauer, während seine Hände die Stange festhielten, um seinen Körper vom Abtauchen abzuhalten. Die herbstlichen Geranien im Blumenbeet daneben hatten nichts gegen diese seltene Ruhestellung eines schlummernden Badegastes.

Das Heilwasser gehört zu den ältesten Naturheilmitteln für den ganzen menschlichen Organismus. Darüber wussten die Römer vor 2000 Jahren in Baden Bescheid. Um 1900 erlebte die Bäderstadt den grossen Boom. Dabei stiess man auf römische Leitungen. Im 1. Jahrhundert n. Chr. liessen sich die Römer am Limmatknie nieder und bis ins 5. Jahrhundert nutzten sie die Heilquellen an dieser strategisch wichtigen Lage. Damals war die lebensfrohe Bäderstadt bekannt unter dem Namen «Aquae Helveticae».

Die Entdeckung der Badener Quellen soll auf das Jahr 58 v. Chr. zurückfallen. Der Sage nach fand der Jüngling Siegawyn seine verirrte Ziege an einem Felsen wieder, aus dessen Gestein heisses Wasser floss. Da kam dem jungen Mann die Idee, seine gelähmte Frau dort zu baden, die so auf wundersame Weise geheilt wurde.

Rheumatische Erkrankungen, Schädigungen des Bewegungsapparates, stoffwechselbedingte Erkrankungen, die unsere Mobilität einschränken und andere gesundheitliche Defizite werden vom mineralreichen Wasser gemildert oder geheilt.

Persönlichkeiten wie Goethe, Nietzsche und Dürrenmatt haben sich im Badener Thermalwasser entspannt – und möglicherweise inspiriert. Sie kannten die Worte der Römer: Mens sana in corpore sano.

Unter der Führung des berühmten Architekten Mario Botta erlebt die neue Bäderstadt Baden im Jahr 2019 die Eröffnung einer zeitgemässen, auf Gesundheit und Erholung ausgerichteten Therme.

Gartenzaun-Philosophie

Eines Morgans fegte sie das Schwert. Sie war es leid, die Tage, Wochen, Monate hinter zugezogenen Vorhängen, von der Sonne abgeschirmt, zu verbringen. Wozu so viele Fenster, die früher den Blick ins Grüne erlaubten, mit einem Blinzeln, wenn die Sonnenstrahlen sie begrüssten? Auch der beste englische Earl Grey Tee will am Gartentisch nicht mehr schmecken. Seit wann gibt es ihr Leben hinter geschlossenen Gardinen?

Die grünen dreissigjährigen Lorbeer Büsche liess sie, samt Riesenwurzelwerk entlang des ganzen nachbarlichen Zauns auf ihrer Seite, entfernen. Daher gibt es keine Lorbeeren mehr für ihr Auge – und keine Lorbeerbüsche mehr für das Müllversteck des Nachbarn – stattdessen erblickt sie jede Sekunde eine nachbarliche Hauswand, «dekoriert» mit Dingen für die Müllabfuhr, aufgeschichtet auf den wackligen Tablaren eines morschen, dreissigjährigen Holzgestells, das, oh Wunder, unter der schlafenden Katze noch nie zusammengekracht war. Es gibt jedoch auch brauchbares Gerät für den Hobby Gärtner. Dieses muss Tag und Nacht sichtbar und griffbereit hinter seinem Haus bereitliegen; auf keinen Fall hinter einer Gartenhaustür, wie er sich klar ausdrückte.

So dachte auch der Schweizer Bauer in den fünfziger Jahren, wenn er seinen Mistschubkarren samt Mistgabel hinter die Scheune stellte. Dies nahm ihm keine Kuh und kein Kalb übel, denn die Scheune lag nicht in einem Einfamilienhaus Quartier.

Hier hingegen bedeutet für zwei nachbarliche Hausbesitzer: «Was hinderem Hus isch für der eint, isch vor em Hus für der ander.»

So unterschiedlich sieht die Wahrheit für zwei Menschen aus – es sei denn, einer der zwei Hausbesitzer dreht sein Haus um einhundertachtzig Grad. Dann könnten beide in Harmonie singen:

«Min Abfall isch hinderem Hus, und dine au!»

Gastro-Koloskopie

Apropos Gastro, ich esse wieder bei Vogelgezwitscher im Spital Restaurant im Freien: Hörnlisalat mit Pouletstreifen und Selleriesalat mit Kürbiskernen dekoriert – mein erstes Menü heute, nach zwei Litern Abführbrühe am Vorabend und vor dem Aufstehen. Diese ungewohnte Ernährungsweise hat mich nervös gemacht, ganz zu schweigen vom Geräusch im Darmtrakt, als würde eine ganze Kanalisation durch meinen Körper geleitet, und meine hundert Gänge auf die Toilette haben mich zu Hause wie eine Bergtour ermüdet. Dass es mit diesen zwanghaften Handlungen auch nach der Magen–Darm–Spiegelung noch nicht zu Ende sein würde, sollte ich später erleben.

Der sprachschöpferische Krankenpfleger, der mich mit der Begrüssung empfing: «Sie sehen gestresst aus!», reichte mir eine Operationshose, die er Karl Lagerfeld Hose nannte.

Die Baustelle mit Fahrverbot auf der Strasse kurz vor dem Spital, hatte ich um der Pünktlichkeit willen übersehen. Diese Baustelle machte ich verantwortlich für die gestressten Gesichtsmuskeln – nicht aber die eigentliche Ursache meiner Nervosität, nämlich der ständige Gedanke am Steuer meines Autos: «Wo, hinter welchem seltenen Baum am Strassenrand, kann ich mich von der künstlich herbeigeführten Diarrhoe in der Not erleichtern?» Ich zog das voll heruntergedrückte Gaspedal den voyeuristischen Blicken der Autofahrer zu dieser Morgenstunde vor.

Zurück zum sprachbegabten Krankenpfleger, dessen Name mir entfallen ist. Er bemerkte meinen skeptischen Blick auf die riesengrosse Operationshose. Ich war eher an Operationshemden des Spitals von früheren Operationen gewöhnt. Er präsentierte die Operationshose als Schöpfung von Karl Lagerfeld. Die Öffnung war hinten, der Körper war also frei für den Chirurgen.

Die operative Untersuchung des Magens und des Dickdarmes erfolgte mittels eines Endoskops, eines biegsamen Instrumentes. Es wurde für das Bild des Darmes bis zur Mündung des Dünndarmes von unten vorgeschoben. Für die Diagnose des Magens arbeitete das zweite Endoskop, durch den Mund via Speiseröhre und den Magen bis in den Zwölffingerdarm hinein.

Ich dankte dem Himmel für die Schlafspritze vor jener Totalreinigung und Fotografie meines intestinalen Schlauchsystems.

Nach dem Erwachen aus der vorsorglichen Untersuchung verwöhnte mich der Krankenpfleger umgehend mit einer Tasse Café, à la George Cluny, wie er erklärte.

Die eigentliche Professionalität als Krankenpfleger hatte er vor der Koloskopie verraten, als ich eben meine unteren Kleiderhüllen fallen gelassen hatte, im Begriff die Lagerfeld'sche Kreation anzuziehen. Just in jenem Augenblick betrat der Krankenpfleger die mit vier Vorhängen gesicherte Privatsphäre, ohne anzuklopfen oder zu klingeln. Ich musste ihm diese Indiskretion verzeihen, denn eine Klingel gab es nicht und das Anklopfen auf dem Vorhang wäre sinnlos gewesen. Solche Schwingungen kann das menschliche Ohr nicht wahrnehmen. Wir sind nicht so begabt wie Fledermäuse. Allerdings hätte der Betreuer von ambulanten Kranken seinen Respekt vor meiner Privatsphäre mit einer Frage vor dem Vorhang bezeugen können: «Kann ich hereinkommen?»

Eine Frage, die nicht an mich gestellt wurde, sondern an eine Leidensgenossin in einer benachbarten Spitalzelle, entlockte mir ein Lächeln, denn es klang wie aus einem Cabaret: «Soll ich ihnen die Zähne wieder bringen?»

Es war wie im Leben so oft: Was für die Betroffenen bittere Wirklichkeit ist, erscheint den Zuschauern, Zuhörern komisch bis humorvoll. Für jene Patientin ging es darum, dass ihre mobile Zahnprothese nicht beschädigt wurde durch die Untersuchung mit dem Endoskop im Mund.

Vor der Entlassung aus dem Spital beschwor mich der Krankenpfleger, für die Heimfahrt auf keinen Fall selber das Steuer am Auto zu lenken, was ich in den Untersuchungsinformationen bestimmt gelesen hätte. «Sie werden doch abgeholt?», fragte er besorgt. Noch nie zuvor war mir eine Lüge so leicht über die Lippen gerutscht: «Ja, selbstverständlich!». In Wahrheit hatte ich die versicherungsrelevante Information übersehen.

Wie das Leben eines befreiten Vogels kam mir der Augenblick vor, als ich über die Spitalschwelle ins Freie trat. Der Sonnenschein war auf meiner Seite und lud mich zu einem Spaziergang ein. Nun hatte ich Zeit zum Überlegen, wie ich die fünfzehn Kilometer nach Hause bewältigen könnte. Die öffentlichen Verkehrsmittel machten einen Riesenumweg, der mich abschreckte, zumal das gelbe Postauto über kein Klo verfügt. Zu Fuss war es aus zwei Gründen nicht möglich; erstens als unsportliche und von der Diarrhoe geschwächte Frau, zweitens, weil der Darm sich immer noch erlaubte, sich nach Lust und Laune zu entleeren. Den Probe-Spaziergang musste ich somit nach fünfzehn Minuten abbrechen, beziehungsweise beschleunigen, um gerade rechtzeitig den für die Situation wichtigsten Ort zu erreichen.

Da war ich also wieder im Spital. Doch ich erinnerte mich an eine Volksweisheit: Verbinde immer etwas Angenehmes mit dem Unangenehmen. Also begab ich mich ins Spitalrestaurant und bediente mich grosszügig, auch wenn dafür nicht die Krankenkasse aufkam. Was ich gegessen habe, lieber Leser, erzählte ich schon zu Beginn dieser Geschichte, etwas Köstliches, das mich mein ungelöstes Problem vergessen liess. Meine leeren Teller erinnerten mich wieder daran: Wie fahre ich nach Hause?

In meiner Ratlosigkeit nahm ich mein schwarzes Notizbüchlein aus der Handtasche und begann zu schreiben, wie so oft in schwierigen Lebenssituationen.

Ein Telefonanruf bei einer alten Freundin in diesem Ort meiner Kindheit half auch nicht weiter. So machte ich mich wieder auf den Weg, für einen kleinen Spaziergang. An einem Feldweg lud mich ein riesiges Blumenfeld zum Pflücken ein. Rote, gelbe Rosen, Rosen in allen Farbnuancen riefen mir zu: «Nimm mich mit!» Eine bereitliegende Blumenschere half mir, den grössten duftenden Blumenstrauss zu pflücken. Da ich immer noch keine Ahnung hatte, wie ich nach Hause reisen könnte, brachte ich die Blumenpracht der viel beschäftigten Freundin, einer Anwältin, fünf Gehminuten vom Spital entfernt.

Das nächste Ziel war wiederum das Spital, dem Zustand der Diarrhoe entsprechend. Das Gute daran waren zwei Stück Torte, die ich danach genüsslich verzehrte und die erlösende Idee: Wenn ich mir einen dritten Mini-Spaziergang gönnen würde, mit anschliessender Kaffeepause, Karamell–Köpfli inklusive, würden vier Stunden verflossen sein seit der Schlafspritze des Gastroenterologen. Deren Wirkung würde dann bestimmt abgeklungen sein und ich wäre wieder fahrtüchtig, mindestens mit einem Fahrtempo von vierzig Kilometern pro Stunde. Gedacht, getan!

Dass mir die kleinen Dörfer und Weiler, bekannt aus der Kindheit, zu Hilfe kamen, war eine zusätzliche Freude. Ohne Kollision, ohne Blechschaden, auch ohne einen Polizisten anlügen zu müssen, schaffte ich den Heimweg auf Schleichwegen, als Frau am Steuer meines Ford Fiesta.

Heil angekommen in meinem Haus, zog ich das Zertifikat aus meiner Tasche: Magen und Darm gesund.

Am Rande einer kleinen, kleinen Stadt

Noch konnte ich durch die schief hängenden Gartenhagstäbe erkennen, was die alte, einst bekannte Dame angepflanzt hatte. Längst verdorrte Sonnenblumenstängel boten den Meisen, wenn auch keine Körner mehr, so doch mindestens einen Ort der Rast. Nur haben es Blaumeisen nicht mit der Ruhe. Sie gucken nervös nach allen Seiten während sie Futter suchen.

Dieser Garten erzählt von besseren Zeiten, als die Besitzerin sich auf der inzwischen morsch gewordenen Eichenbank noch hinsetzte, im Schatten der grossen Zeder, um ihre Briefe und Tagebücher zu schreiben. Der Granittisch, nicht anfällig für Verwahrlosung, erzählt mir das Leben der Herrin des Hauses mit dem schiefen Dach.

Diese Frau lebte mit ihren Kindern und mit einem Internierten zusammen, von denen die Schweizer Regierung ein paar Tausend aufnahm während des Zweiten Weltkrieges, bis sie unser Land wieder verlassen mussten nach dem Krieg. Er war ein Ukrainer, über den Rhein geschwommen auf seiner Flucht aus deutscher Kriegsgefangenschaft. Die Bäuerin eines Ehemannes, der im Aktivdienst war, hatte ein Anrecht auf die Hilfe eines Internierten. So wurden die landwirtschaftlichen Betriebe, denen eine starke männliche Kraft fehlte, aufrechterhalten.

Aus dem Ukrainer, einem unfreiwilligen Knecht, wurde bald ein freundschaftlicher Helfer, nicht nur im landwirtschaftlichen Bereich. Wie es das Schicksal Tausender Internierter Kriegsgefangener wollte, wurde auch für Ivan, den Ukrainer, das Haus von Sarah zu einem Zuhause. Drei Jahre später sollte er es wieder verlieren. Er wurde wieder eingezogen von der russischen Armee. Was mit den russischen

Soldaten geschah, wenn sie nach Russland heimkehrten aus der Gefangenschaft des Feindes, wissen wir inzwischen; sie wurden in russische Straflager versetzt.

Sarah hörte nie mehr etwas von Ivan. Damals begann der Garten zu verwahrlosen.

Der Früchte-Zauber

Der Früchte-Zauber steht vor mir auf dem Frühstückstisch des Valserhofes.

Hoch oben auf dem Gipfel thronen die Minze und die orangefarbene Physalis, leicht versteckt in ihrem Bademantel. Zu deren Füssen scharen sich purpurrote Johannisbeeren und schwarze Heidelbeeren.

Sie ruhen sich aus, meinen tödlichen Mund nicht ahnend, auf einem weichen Bett von Kiwi, Ananas, Grapefruit, Pfirsich- und Erdbeer-Schnitzen, neben der Walnuss und den gedörrten Aprikosen und Bananen, dekoriert mit verlorenen Hotschibeeren.

All diese Früchte aus der ganzen Welt verführen den Gast. Aber wehe, wenn man zu Fuss zum Früchte–Schlemmen gekommen ist! Man riskiert, im aufgeweichten Moorboden zu versinken, einem Haferflocken-Joghurt-Müesli aus Grossmutters Zeiten.

Keine Angst, ich überlebte und schrieb diese Worte über die süssen Gaumenfreuden für andere Gäste im Valserhof in Vals.

Tödlicher Tumor im Kopf meines Hundes

Ein trauriger, kühler Sonntag im Sommer geht zur Neige. Die grauen Wolken hängen tief. Noch legt sich mein Hund Timmy neben mich auf den Gartensitzplatz, unter dem Storen Dach, das Schutz bietet vor Sonne und Regen. Auch jetzt höre ich ein leises Regentropfengeräusch, beruhigend wie der friedliche Abendgesang der Amsel.

Timmy ist todkrank. Sein linkes Auge, vom Tumor hinausgedrückt, die Iris ist zur Seite gerückt, fast nur weisse Haut sichtbar, blickt mich vorwurfsvoll an. Es klagt: «Was ist mit mir geschehen?» – «Ein riesengrosser Tumor im Kopf, ein diabolischer Fremdkörper drückt dich nach aussen, liebes Auge!» Ich sage ihm die Wahrheit der onkologischen Diagnose. Sie ist grausam. Der Tierarzt kann den Tumor im Kopf nicht herausschneiden. Der Tumor wächst und wächst. Hätte ich das Knowhow für diese Operation, ich würde den Tumor heute noch umbringen. Er stiehlt meinem Collie das Leben mit einer brutalen Wartezeit. Der Tumor tötet meinen treuesten Freund, meinen Hund. Ich muss seinen Vampirblick aushalten.

Was haben die Götter gegen mich? Nach drei Operationen in den letzten zwei Jahren, zweimal dieselbe Hüfte, meine rechte Schulter, und nun nehmen sie mir den besten Freund weg. Gezählt sind die Tage, an denen ich mit ihm zwischen dem Entenweiher und dem Waldrand spazieren kann. Noch lebt er, folgt mir auf Schritt und Tritt; er legt sich zu meinen Füssen unter den Tisch, wohl wissend, dass sein bettelnder Ton in seiner Hundestimme mein Herz erweicht. Auch er bekommt von meinem Fisch. Seine Lebensfreude erwacht bei dieser Köstlichkeit, seine Ohren und

Augen sind aufmerksam auf mich gerichtet. Es ist eine Freude, ihn so zu erleben wie in gesunden Tagen.

Seit zwei Wochen drückt der Tumor auf seine Stimmung. Timmy begrüsst mich morgens nicht mehr an meinem Bett, wo er früher seinen Kopf neben mein Kopfkissen hinlegte, sobald ich die Augen öffnete, dann in Hundetönen jauchzte: «Juhui, sie ist erwacht, es gibt Futter!» Vorbei ist seine Aufmerksamkeit mir gegenüber, seitdem der Tumor in seinem Kopf alle Kräfte von ihm fordert.

Heute geht es meinem Collie wieder besser. Er hat seinen Lieblingsplatz neben dem Briefkasten eingenommen, mit Sicht auf die Quartierstrasse und aufmerksam die Ohren gespitzt in Richtung Ziegenparadies auf der Wiese des Bauern. «Warum steigen diese gehörnten Viecher immer auf die Baumstämme? Können die nicht wie ich normal durch die Wiese gehen?», denkt Timmy. Heimlich bewundert der Hund die Kletterkünste der Ziegen. Diese faszinieren ihn mehr als Kühe, für die er nur ablehnendes Bellen übrig hat. Nur wenn Mutterkühe mit ihren Kälblein friedlich im Gras liegen, gönnt er ihnen die Ruhe.

Wir schreiben den siebten Juli im Jahr 2016. Ich erwache und rufe Timmy. Er kommt nicht. Unruhig gehe ich nachschauen. Er liegt apathisch am Boden, hebt nicht einmal den Kopf, als ich ihm die Pfoten streichle. Timmy ist krank, schwer krank. Er reagiert erst auf das Geräusch seiner Frühstückskörner und das wohlriechende Hundefleisch obendrauf. Dafür lohnt es sich für ihn aufzustehen. Er frisst seinen Hundetopf leer, ein tröstliches Zeichen für mich. Der bösartige Tumor stiehlt ihm jede andere Lebensfreude. Dann legt er sich in den Garten, den Kopf auf den warmen Steinplatten. Ob er den Vogelgesang noch wahrnimmt?

Mit meinem lieben Collie geht es zu Ende. Er schleppt sich von einer Ecke in die andere in allen drei Zimmern.

Wenn er lange Wasser schlürft, lausche ich dem Geräusch seiner Zunge. Diese vertrauten Töne werde ich vermissen.

Heute war ich im Inselspital in Bern gewesen; eine Cortison Spritze in die Schulter war der Grund. Während meiner Abwesenheit betreute Nina den kranken Collie. Das schlechte Signal am frühen Morgen ging weiter – Timmy wollte nichts fressen vor meiner Abfahrt. Im Zug auf der Heimfahrt von Bern erreichte mich Nina auf meinem Smartphone mit einer schlechten Nachricht: Mein Hund wollte nicht mehr spazieren gehen.

Als ich heimkam von Bern, empfing er mich nicht freudig wie üblich. Er schaute mich nicht einmal an. Sein bisher gesundes Auge war nun auch verschwollen. Mir kamen die Tränen. Gestern noch hatte er mich lange fragend angeblickt. Hatte er das Ende seines Lebens im Voraus gespürt? Seit dem Monat Juli blickte mich sein vom Tumor betroffenes linkes Auge so an, dass ich zu ihm sagte: «Schau mich nicht an wie ein Vampir! Ich hab' dich trotzdem gern, Timmy.»

Oktober, der Tumor muss enorm gewachsen sein, der ganze Kopf war verschwollen. Das machte mir so Angst, dass ich zur Tierärztin fuhr und um Antibiotika bat. Wir schluckten nun beide Antibiotika, die Herrin wegen verschleppter Bronchitis und der Hund wegen der Schwellung des rechten Auges. Dieses reagierte mit Erfolg auf das Medikament.

Jetzt bettelt er um Brot, weil ich es zur Suppe esse. Sein Gehör ist noch intakt, denn aus seinem Schlafzimmer, meinem Büro, hörte er, dass ich Suppe löffle. Nach dem Nachtessen bedankt er sich bei mir mit seinem Ritual: Er reibt seine Schnauze an meinem Sofa, dem er entlang geht mit einem Laut der Zufriedenheit wie früher, aber jetzt keucht er.

Ich verstehe sein Jammern, während er mit der Pfote das tumorbefallene Auge reibt.

Heute leckte er meine Hand. Das gab es in gesunden Tagen selten. Wollte er mir «danke» sagen?

Gestern noch wollte er mir mit seiner Schnauze ein Küsschen ins Gesicht drücken, damit ich seinem bittenden Gejohle und dem Schwanzwedeln nachgebe, ihm die Türe zum Garten öffne. Er liebte es, in der Abenddämmerung bis es dunkel wurde, in die Nacht hinein zu horchen, nächtliche Geräusche waren für ihn wie Dokus am Fernsehen für mich. Wenn ich ihm seine Abendunterhaltung nicht gleich ermöglichte, legte er seinen Kopf aufs Sofa, ganz nahe neben meinen Kopf und jaulte in herzerweichenden Tönen.

Abends kraulte ich ihn jeweils zwischen den Ohren auf dem Kopf. Sein dichtes, weiches Collie Fell löste Zärtlichkeit aus in mir – heute nur Tränen. Er legt den dick angeschwollenen Kopf mit dem tödlichen Tumor auf seine Vorderpfoten. Noch ist sein Fell, sein Körper warm…ich wage nicht daran zu denken, wie mein Leben sein wird, wenn Timmy nicht mehr bei mir ist, nicht mehr lebt.

Der letzte Abend mit meinem treuen Collie spielte sich äusserlich ab wie jeder Abend. Er jaulte wieder zu meinem Klavierspiel, ob aus Freude oder aus Protest, wusste ich immer noch nicht. Er sass draussen vor der Stubentüre, die er nach Lust und Laune zur Seite schieben konnte, und verbrachte den Feierabend bis halb zehn unter dem dunkeln Himmelszelt, wo er wohl bis Mitternacht geblieben wäre, hätte er nicht Papier rascheln gehört von drinnen. Dieses Geräusch bedeutete für ihn immer, es gibt etwas zu fressen. Er setzte sich zu meinen Füssen unter den Tisch und bettelte: «Gib mir auch von deinem Rhabarberkuchen!» Beim Fernsehschauen war er nicht am Universum, den Sternen aus zweiter Hand interessiert; dafür am Brot, das ich zum

Rotwein ass. Er bettelte immer wieder und ich wunderte mich, wie er so viele Brotbrocken schlucken konnte. Vor dem Zubettgehen entdeckte ich die vorgekauten Brotstücke auf dem Teppich. Das war neu! Er kann nicht mehr schlucken, der Tumor hat den Rachen blockiert, nicht nur die Atmung. Timmy jammert, jault, es klingt wie Walgesang. Was will der Hund mir sagen, so kurz vor seinem Tod?

Vier Frauen, Klara, Anita, Rita und Barbara, denen ich meinen schweren Entschluss mitgeteilt hatte, Timmy von seinem schmerzhaften, aussichtslosen Leben durch die Tierärztin erlösen zu lassen, brachten mir Einfühlung entgegen.

Mein Sohn Jonas erklärte sich bereit, den schweren letzten Gang mit Timmy zur Ärztin an meiner Stelle zu übernehmen. Meinen Entschluss hatte ich in der vorigen Nacht gefasst, als ich ohnmächtig zusehen musste, wie Timmy nach Luft rang, hechelnd ruhelos von einem Zimmer ins andere schlich, wie er sein eigenes Blut aufleckte; seit Wochen sah ich Blutspuren seines Tumors auf allen Böden.

Was mir mein Sohn schrieb, wird mir lange Halt geben, mich von Gewissensbissen befreien. Er schrieb: «Es ist nicht die Todesspritze. Es ist die Natur, aufgrund welcher Timmy etwas früher krank wurde, als der durchschnittliche Collie. Die Natur hat dies entschieden. Deine Entscheidung war lediglich, dass Timmy ein paar Wochen früher gehen darf als dies die Natur vorgesehen hatte – dafür aber viel friedlicher und angenehmer, als wenn man der Natur ihren Lauf gelassen hätte.»

Timmys letzter Tag ist angebrochen. Er rührt das Futter nicht an, auch den frischen Knochen mit Rinder Mark lehnt er ab. Er weiss, dass es sich nicht mehr lohnt zu frühstücken. Er will kein Henkersmahl. Er läuft immer wieder ums Haus, folgt meinem Ruf ins Haus zu kommen nicht. Traut er mir nicht mehr? Verabschiedet er sich vom Garten?

Sein Fell ist blutverschmiert, ebenso alle Bodenfliesen, Spuren des blutenden Tumors.

Jetzt ist Timmy gegangen. Jonas hatte ihn abgeholt. Timmy war selber in mein Auto eingestiegen, als ob er spazieren gehen könnte, angelockt von einem Stück weichen Toastbrot. Jonas hat mir den schweren Gang abgenommen und blieb an Timmys Seite, bis dieser für immer friedlich einschlief.

Danke lieber Jonas! Deine Tränen, die über deine Wangen liefen, als du ohne Timmy zu mir zurückkamst, waren ein Zeichen des Mitfühlens.

Danke lieber Timmy für deine Gesellschaft, du hast zwar nur zwei Jahre mit mir zusammengelebt, mich aber jeden Morgen begrüsst und dich gefreut, wenn ich nach kurzer Abwesenheit heimgekehrt bin. In schweren Zeiten, nach drei Operationen warst du mein Begleiter auf meinen Spaziergängen am Stock. Du warst dankbar für jeden Knochen, jeden vollen Fressnapf, selbst wenn er bestreut war mit zerriebenen Schmerztabletten. Wie oft hast du mich begleitet ins Café Bijou an der Reuss, wo du unter dem Tisch auf den Schlagrahm meines Apfelkuchens wartetest. Oft musste ich Geduld üben beim Spaziergang auf der Promenade am Fluss in Bremgarten, wo du so viele Duftmarken von Hunden beschnuppern musstest. Diese Spaziergänge waren zu deinem Hundewohl und zum Wohl meiner Gelenkarthrose. Wer geht morgen mit mir spazieren? Niemand. Ich bin jetzt allein, mein liebster Timmy, aber nicht ganz. In meinem Herz ist ein Platz für dich reserviert.

Geh jetzt in Gottes Namen zu den Sternen, wo du keine Schmerzen mehr hast, nur noch Frieden, lieber Timmy, mein treuer Hund.